a confissão
e outros contos
cariocas

A confissão e outros contos cariocas
Copyright © 2016 by Paulo Ouricuri
Copyright © 2016 by Novo Século Editora Ltda.

COORDENAÇÃO EDITORIAL Vitor Donofrio	**AQUISIÇÕES** Cleber Vasconcelos

EDITORIAL
Giovanna Petrólio
João Paulo Putini
Nair Ferraz
Rebeca Lacerda

PREPARAÇÃO Marta Cursino	**DIAGRAMAÇÃO** Giovanna Petrólio
CAPA Dimitry Uziel	**REVISÃO** Vânia Valente

Texto de acordo com as normas do Novo Acordo Ortográfico da Língua Portuguesa (1990), em vigor desde 1º de janeiro de 2009.

Dados Internacionais de Catalogação na Publicação (CIP)
Angélica Ilacqua CRB-8/7057

Ouricuri, Paulo
A confissão e outros contos cariocas/ Paulo Ouricuri
Barueri, SP: Novo Século Editora, 2016.

1. Ficção brasileira – contos I. Título

16-1164   CDD 869.301

Índice para catálogo sistemático:
1. Ficção brasileira – contos 869.301

NOVO SÉCULO EDITORA LTDA.
Alameda Araguaia, 2190 – Bloco A – 11º andar – Conjunto 1111
CEP 06455-000 – Alphaville Industrial, Barueri – SP – Brasil
Tel.: (11) 3699-7107 | Fax: (11) 3699-7323
www.novoseculo.com.br | atendimento@novoseculo.com.br

PAULO OURICURI

a confissão
e outros contos cariocas

TALENTOS DA LITERATURA BRASILEIRA

São Paulo, 2016

Dedico este livro à minha família (meu pai, Paulo Antônio, in memoriam, minha mãe, Aluce, minha irmã, Patrícia, minha mulher, Nara, meus filhos, Victor e Thiago, meus sogros, Winton e Susana, e todos os meus demais parentes). Dedico-o ainda aos amigos e aos mestres que tive, em especial na literatura.

Prefácio

"Todos os gêneros de felicidade se parecem, mas cada desgraça tem o seu caráter peculiar." (Liev Tolstói)

A frase inaugural do livro "Ana Karenina", de Tolstói, é uma bela epígrafe para os oito contos e crônicas deste livro. Em circunstâncias diversas, por motivos distintos, os personagens da obra sofrem num mundo onde, como diria Sartre, "O inferno são os outros". Conflitos e frustrações que expõem com nitidez as fraturas interiores de pessoas comuns, que nunca ouviram o conselho de São Josemaría Escrivá: "Chocas com o caráter deste ou daquele...Tem de ser assim necessariamente; não és moeda de ouro que a todos agrade".

Assim, as relações humanas são o foco principal dos enredos, ambientados na cidade do Rio de Janeiro. Após iniciar o primeiro conto com um breve ensaio sobre o Convento de Santo Antônio e sua História, o autor se entranha no mundo interior e no relacionamento dos personagens, esforçando-se por retratar, na profundidade possível, a experiência humana. Isto porque, nas palavras de Henry James: "A experiência nunca é limitada e nunca é completa; ela é uma imensa sensibilidade, uma espécie de vasta teia de aranha, da mais fina seda, suspensa no quarto de nossa consciência, apanhando qualquer partícula do ar em seu tecido".

O segundo conto trata das desventuras de um jovem aspirante a poeta. O terceiro relata o estranhamento de um homem num mundo remotamente familiar. Do quarto ao sétimo contos, são postas em evidência as relações afetivas, passando pelas fases da sedução, da paixão, do amor e da desilusão. O último texto é uma crônica sobre um inusitado Papa brasileiro.

As narrativas são fluidas e elegantes, com pitadas de ironia e sarcasmo que lembram os estilos de Machado de Assis, Eça de Queiroz e Tchekhov. Enfim, boas surpresas aguardam o leitor no livro "A confissão e outros contos cariocas".

Sumário

A confissão   11
O poeta   36
Um dia estranho   55
A sorte   63
O encontro   68
Os vilões   73
Vitória de Pirro   85
O Papa brasileiro   102

A confissão

No Centro do Rio de Janeiro, no Largo da Carioca, a eternidade resiste à modernidade. Perto de uma estação de metrô, diante do burburinho do comércio, o Convento de Santo Antônio seduz corações apressados a uma serena contemplação. As agitações da carne, as oscilações da economia, a dissonante batida de funk, a avareza das almas que passam, as multímodas violências cotidianas... Nada na vizinhança o perturba. Há nele uma inabalável disposição para perdoar, motivado pela moeda do arrependimento. Acolhe inúmeros miseráveis, que, sabedores da propensão à bondade de espírito daqueles que o visitam, ali se acumulam na busca de esmolas mais generosas. Testemunha silenciosa de inúmeros pecados; confidente discreto de muitos regenerados. Diante dele, o tempo corre, as gerações se sucedem, e o mundo engole o mundo. Outros rostos, outros costumes, outras modas. Mesmos pecados, mesmos medos, mesmas palpitações da alma. E sempre o mesmo Convento, perene apelo à santidade.

Erguido na época em que a pátria era colônia, recepcionou a Família Real. A Casa de Bragança, à qual pertencia D. João VI, era devota de São Francisco de Assis. Quando subiu ao trono, D. João VI prometeu que, em todos os anos restantes de sua vida, compareceria, no dia 4 de outubro, à Missa Solene do Santo Padroeiro de seu sangue. Enquanto esteve no Rio de Janeiro, fugindo de Napoleão, foi numa igreja do Santuário de Santo Antônio que ele honrou sua promessa. Seu filho e seu neto – D. Pedro I e D. Pedro II, os dois imperadores do Brasil – também foram fiéis à promessa de D. João VI.

O Santuário é tido também como o "útero da independência". Muitos asseguram que, entre as paredes conspiratórias do Convento, D. Pedro I se aconselhava com Frei Sampaio, seu mentor político e autor do discurso do "Dia do Fico". Além de berço do Império, é o túmulo de muitos nobres. Os restos mortais de Dona Leopoldina, primeira imperatriz do Brasil, estiveram no seu mausoléu, e outros ossos de linhagem imperial ainda estão lá. O Santuário também contemplou a aurora da República e viu as promulgações e quedas de sucessivas Constituições. Nunca, porém, emendou a sua Lei, inflexível e piedosa. Muitos governos sucumbiram, a democracia esgrima com o autoritarismo, e o Convento permanece manso: não conspira contra o regime republicano, é fiel a Jesus Cristo, ao Papa, a São Francisco de Assis e a Santo Antônio. Nele, vive em fraternidade a Primeira Ordem dos Franciscanos, a Ordem dos Frades Menores, devotos da pobreza, do desprendimento, do despojamento de riquezas mundanas.

Em frente ao morro que abriga o Santuário, num plano inferior, pernas brancas de turistas misturam-se a farrapos de mendigos, transeuntes, clérigos, devotos, camelôs e irmãs da Segunda Ordem Franciscana, a Ordem das Clarissas. Voltando ao morro, numa de suas igrejas, moças suplicam a Santo Antônio um matrimônio. No dia 13 de junho, o dia de Santo Antônio de Pádua – pregador cuja eloquência deslumbrava até mesmo os peixes –, multidões invadem o Santuário e elevam as suas preces ao céu, enquanto jorram sobre seu corpo jatos de água benta, numa folia santa. Há fiéis que juram que milagres nasceram no local.

O Convento possui duas igrejas, ambas no estilo barroco: a Igreja de Santo Antônio e a Igreja da Ordem Terceira de São Francisco de Assis da Penitência. Na primeira, vê-se Santo Antônio no retábulo mor. Os retábulos laterais são dedicados à Imaculada Conceição e a São Francisco de Assis. As pinturas em sua capela principal evocam eventos vividos por Santo Antônio. Seis anjos sussurram as melodias tocadas por seu órgão.

A segunda igreja situa-se à direita de quem entra na primeira. De fachada humilde, o templo carrega a Ordem Terceira dos Franciscanos, também conhecida como Ordem Franciscana Secular, no seu nome e coração. A sofisticação de seu interior, expressão máxima do barroco brasileiro, esplende na talha dourada de seus altares, suas paredes e seu teto. A hagiografia de São Francisco de Assis registra que ele, quando recebeu as cinco chagas divinas no próprio corpo, avistou um serafim com três pares de asas, na forma de Nosso Senhor Jesus Cristo Crucificado, e essa é uma das imagens que ocupam o altar da igreja. A outra imagem do altar, com quase dois metros de exuberância, é a da Santa Padroeira dos Franciscanos, Nossa Senhora da Imaculada Conceição. Atualmente, essa igreja é um museu de Arte Sacra.

A contemplação do interior do Santuário injeta um ímpeto de paz até mesmo nos espíritos mais perturbados. Entrar na Igreja de Santo Antônio, admirando-a contritamente antes e após sentar-se em um dos seus bancos, ou ajoelhar-se em algum genuflexório, traz ao fiel a viva impressão de antecipação do Paraíso. E é a busca dessa sensação, alcançada pela meditação e pela oração dentro da igreja, que leva muitos fiéis a visitá-la com frequência regular, ou nos momentos de intranquilidade da alma.

Muitos também buscam o Santuário para confessar seus pecados. Levados pelo arrependimento, os devotos se dirigem ao Convento para implorar humildemente o perdão divino. Há católicos que se confessam com frequência, relatando geralmente escassos pecados, ou, por vezes, pecados de estimação. Há outros que se confessam em intervalos maiores de tempo, após colecionar pecados mais graves. Há ainda, no entanto, aqueles que buscam se confessar após situações traumáticas. Em geral, são devotos que se afastaram da Igreja Católica Apostólica Romana, mas que, por algum motivo dramático ou por alguma promessa, estão novamente ali, ansiosos para reatar os laços com a fé cultivada em sua infância.

Era o caso de Luís Vaz, ex-aluno de colégio de padres, que estava sentado num dos bancos da Igreja de Santo Antônio, em plena sexta-feira à tarde. Seus joelhos estavam ainda castigados, e seu pensamento dividia-se entre o trauma de dois dias antes e a imperiosa necessidade de confissão de longos anos de pecados. Quase não ouviu a voz que lhe chamou:

– O senhor quer se confessar agora?

Ele fez um sinal e disse poucas palavras, em tom baixo e reverente, indicando que ainda não estava pronto. Com pouco mais de quarenta anos, dificilmente adiava alguma resolução. Entretanto, aquela era uma ocasião especial, solene, e Luís precisava de tempo para serenar-se. O medo ainda não o abandonara. O trauma se desenrolava na sua memória, e o final inesperado ainda o surpreendia.

Luís não percebeu quando uma senhora com pouco mais de sessenta anos se encaminhou ao confessionário em seu lugar. Ele já não rezava mais como quando acabara de se sentar no banco da igreja, um pouco mais cedo. Não tentava mais ensaiar o demorado roteiro do que diria no confessionário. Pensava apenas na fatídica quarta-feira à noite, da saída do shopping center em diante.

Fora comprar o presente de aniversário de seu filho mais velho, de sete anos. Pagou o estacionamento, carregando, em uma das mãos, a sacola com o presente e sua pasta 007. Na outra, levava a chave do carro e o cartão recentemente pago, que lhe permitiria sair dali. O estacionamento era a céu aberto. Talvez por estar em um shopping center, talvez por distração, seu faro de perigo – instinto que todos os cariocas acabam desenvolvendo ao longo da vida – não funcionou naquela noite.

De repente, viu-se cercado por três homens. Pensando bem, naquela ocasião, de nada adiantaria o seu faro de perigo. Os três eram, como se diz no Rio de Janeiro, bem-apessoados, bem-vestidos. Dois estavam com calça jeans de grife e camisa também cara. O terceiro vestia roupa social, sem paletó e gravata, mas com uma camisa bem-engomada, colocada por dentro da calça, e aparentava mais calma. Luís não se lembrava mais das palavras iniciais da abordagem. Ficara na sua mente apenas o momento em que os dois homens de calça jeans levantaram a camisa, ostentando seus revólveres. Luís levou-os para seu carro, entregando a chave do veículo e o cartão de saída do estacionamento ao homem de roupa social.

As lembranças da próxima cena parecem estar imersas em uma névoa espessa e confusa. Luís, porém, recorda-se que foi examinado, perto do seu carro, por um dos bandidos. Eles confirmaram que a vítima não estava armada e, no momento, essa informação lhes pareceu suficiente.

Entraram no carro. Os homens de calça jeans foram para o banco da frente. O terceiro sentou-se atrás, com Luís ao lado. Saíram do shopping center sem que ninguém os incomodasse. O pesadelo estava apenas começando.

Dentro do carro, os dois homens da frente cuspiram descontroladas rajadas de ódio. Gritavam palavrões e juras de morte. Destilavam uma fúria demente contra tudo o que Luís aparentemente era, pelo seu carro caro – comprado em sofridas prestações – e pelo seu terno alinhado. O homem de trás sorria sadicamente e, vez ou outra, continha os impropérios ditos por seus comparsas. Era quase gentil, não fosse a indelicadeza do sequestro.

Luís observou o homem sentado no banco do carona, na frente do carro. Era o mais furioso de todos, o que espumava mais ferozmente. Tinha uma atitude compulsiva de coçar o nariz, e os olhos vermelhos e esbugalhados demonstravam evidente descontrole.

O motorista estava violentamente nervoso. Pelo que Luís se lembrava de antes de entrar no carro, ele não tinha os olhos vermelhos. Fazia coro com os xingamentos e as juras de morte, mas sem o entusiasmo inatingível do comparsa.

O homem ao lado de Luís, o único desarmado, era o mais calmo de todos. O cinismo em seus olhos denunciava que na pessoa dele se concentrava certo comando da situação – se é que há quem comande a imprevisibilidade do inferno. Luís intuiu, por alguma razão desconhecida, que o seu destino seria traçado de acordo com o humor daquele cínico.

A partir de então, a passagem do tempo e a cronologia dos acontecimentos e diálogos tornaram-se confusas na atordoada lembrança de Luís. As horas, às vezes, aparentam ser mais longas do que deveriam, e, em outras, parecem ser mais rápidas do que efetivamente são. Esta era uma ocasião em que o relógio mentiria, se tivesse sido consultado.

Os homens abriram a carteira de Luís. Viram os cartões dos dois bancos em que era correntista, e o cínico perguntou a senha de ambos. Pararam em caixas eletrônicos e certamente retiraram o máximo que puderam. Quem se dirigia aos caixas eletrônicos era o cínico, que, escoltado pelo motorista, deixava no carro, de forma imprudente, o mais furioso entre eles vigiando Luís. Apenas dizia, ao sair do veículo: "Não faça nenhuma besteira".

O carro passeava pela cidade, indiferente ao drama que se passava dentro dele. Em algum momento da viagem, houve uma ligação no celular. Luís viu-se morto. Os xingamentos aumentaram, e a morte rufava nos bancos da frente. O cínico calmamente ordenou que Luís desligasse o telefone. Ele então retirou o celular do bolso interior do paletó – havia outro aparelho em outro bolso – e o desligou. Percebeu rapidamente que era a sua mulher que estava ligando, pois o nome Lia apareceu na tela.

O carro continuou a rodar pela cidade. Não, aparentemente já estavam fora da cidade do Rio de Janeiro. Os xingamentos continuavam, e o riso debochado do homem vizinho a Luís também. Enfim, o veículo parou num local ermo. Ali, parecia só haver as quatro almas envolvidas naquele drama. Era uma estrada vazia, à beira de uma mata fechada. Luís pensou: "É agora!".

O cínico saiu do carro, junto com Luís e o comparsa motorista. Pediu ao furioso que ficasse no automóvel, alegando: "É melhor você ficar aí. Espere a gente!". Apesar de próximo do ápice do perigo, Luís sentiu-se um pouco aliviado pela ausência do mais estridente chacal, enquanto caminhava, rendido, para dentro da mata.

Luís ousou perguntar ao cínico o que lhe aconteceria. Arrependeu-se da pergunta. O cínico foi categórico e lhe respondeu com outra pergunta: "Você já acertou suas contas com Deus?". Luís preferiu não prosseguir com o diálogo.

O cínico portava a arma do seu companheiro. Ele claramente controlava toda aquela tortura. Caminharam os três por algum tempo, rumo ao interior da mata. Luís ia ligeiramente à frente, até que o comando do cínico ordenou que parasse.

– De joelhos! Quieto! Feche os olhos! Nenhuma palavra, senão morre! Feche os olhos e mantenha-os fechados. Senão morre! *Morre!*

Após essas palavras, o cínico calou-se. Luís tencionou suplicar pela sua vida, mas lhe pareceu que tamanha audácia não seria perdoada. Resolveu, então, obedecer e ficar em silêncio, ajoelhado, de olhos fechados. Sobraram aos seus ouvidos os impropérios do comparsa.

As ameaças do comparsa. A ferocidade do comparsa. Sentiu o cano da arma encostar na parte de trás de sua cabeça. Quem a empunhava? Não sabia. Provavelmente era o cínico, pois o comparsa vociferava um pouco mais longe. A arma ali ficou por um tempo, e ele teve certeza da morte. Luís não era exatamente jovem, porém era bastante saudável. Há pouco tempo, a morte era uma sonora improbabilidade. Agora, no entanto, lhe parecia algo realmente próximo.

Subitamente, despediu-se dos sentidos do mundo. Apertou os olhos e mergulhou na própria imaginação. Lembrou-se da mãe falecida. A mãe, criatura generosa e compassiva, devota fervorosa de Santo Antônio. Nunca faltara com o Santo, mesmo quando Ele aparentemente não ouvia suas preces. Luís suava muito, mas lembrou-se da mãe e de sua devoção. De olhos fechados, a lembrança foi se transformando em imagem. A mãe se corporificava na sua imaginação. Ele a via. Observou-a melhor. Tinha um bebê no colo? Sim, com certeza, era um bebê no seu colo. Seria ele?! Em silêncio, pediu: "Mãe, por favor, me salve!". Olhava para o rosto de sua mãe. Ela tinha um semblante sereno e preocupado. Olhou novamente para os braços dela. Não era um bebê! Não, não era! Era uma estátua de Santo Antônio que estava no colo dela, a estátua perante a qual a mãe rezava todos os dias. Certamente era essa mesma estátua que ela trazia no colo, e essa estátua é que carregava um bebê nos braços! As batidas aceleradas do coração de Luís pareciam gritar "por favor" para aquela imagem do Santo. O grito ecoava no silêncio. A visão de repente sumiu. E de repente voltou. Ainda era sua mãe, mas agora com o colo livre.

Luís continuava esquecido dos seus demais sentidos. Fixara sua atenção apenas na miragem. Quando se deu conta de que existia um mundo exterior, sua imaginação tornou-se mais tênue. Aparentemente ninguém gritava, e ele percebeu que nada mais parecia lhe tocar. Continuava apavorado, entretanto. Apavorado! Não tinha o que fazer, senão permanecer ali, o mais estático possível, observando a sua imaginação fluir. Retornou à miragem, de olhos ainda fechados. Fixou novamente a atenção na imagem da mãe. Olhava para ela, e ela não estava só. Havia um vulto do lado dela. Um estranho. Não, talvez não fosse um estranho... Como os bandidos não tinham proibido que ele olhasse o que quisesse de olhos fechados, Luís passou a tentar discernir o vulto. Quem seria ele? Trajava vestes antigas. Vestes humildes, como as de um religioso. Eram as vestes da estátua! Tinha o mesmo rosto esculpido na estátua. Sim, era aquele rosto! As memórias da infância eram nítidas, e ele reconheceria o rosto daquela imagem de santo mesmo no meio das inúmeras estátuas de um cemitério.

O vulto era o Santo! Sem dúvidas, era o Santo. Era o Santo, tinha a aura do Santo, assim como sua mãe, a seu lado. Ambos o fitavam. Nunca acreditara no Santo, mas agora Ele estava ali, sólido, na sua imaginação, descontrolada pelos hormônios do estresse. Parecia esperar que lhe pedisse algo. Sim, Ele lhe oferecia silenciosamente o obséquio de um pedido, talvez o último. Em silêncio, Luís suplicou ao Santo: "Santo Antônio, salve-me! Salve-me!". E então aquietou-se internamente. Pensou, porém, que o pedido talvez tivesse sido superior às forças do Santo. Resolveu reformulá-lo: "Santo Antônio, se não for possível me salvar, permita ao menos que eu vá ao encontro de minha mãe. Por favor!". Aquietou-se mais uma vez. E arrependeu-se do novo pedido. Poderia não ter fé no Santo, mas Ele estava ali, na sua frente. Por algum motivo, invadira a sua imaginação. Certamente para ajudá-lo. Não poderia ter duvidado de suas forças, não poderia! Agora, estava tudo perdido! Nenhum dos seus dois pedidos seria atendido. O segundo demonstrava a precariedade de sua fé: se ele não acreditava que o

Santo poderia salvá-lo da morte, como poderia acreditar que Ele teria empenho suficiente para levá-lo até as altas esferas celestiais, onde definitivamente estava sua mãe? No entanto, apesar disso, no filme que passava em sua imaginação, o Santo parecia ter lhe acenado. Não tinha certeza, contudo. Não sabia bem se o Santo tinha lhe acenado, ou se ele pensou que o Santo tinha lhe acenado. O fato é que, de alguma forma, o Santo chamou sua atenção, para pacificar o seu espírito aterrorizado. Luís então o mirou, deixando de reparar em sua mãe. Mirou o rosto do Santo. Era um rosto de expressão firme, anguloso, de um homem bonito, mas despreocupado com a própria beleza. Ele continuou olhando para o Santo e resolveu não pedir mais nada. Arrependia-se, no possível momento derradeiro de sua vida, de ter abandonado sua fé. Pensou que não era digno da presença do Santo nem da de sua piedosa e falecida mãe. Ao menos a sua genuflexão servia para demonstrar que não se sentia merecedor de estar de pé diante dos dois.

Luís tentou compreender o silêncio do Santo. Forçou em sua imaginação algumas palavras proferidas pela boca Dele. Nada. Então permaneceu também em silêncio interior. O Santo também mantia-se quieto, mas tinha os olhos assustadoramente vivos. E assim ficou Luís, mirando, sem mais palavras, os olhos do Santo. Pequenas transições ocorriam na sua imaginação: instante a instante, o significado integral da sua existência esgueirava-se para fora das brumas que o envolviam. Em algum momento impreciso, a visão de sua mãe ao lado do Santo foi ficando mais clara e, a partir de certo ponto, cada vez mais ofuscante, deixando os rostos gradativamente menos nítidos. Logo, a claridade tornou-se insuportável, de modo a não sobrar nenhuma nitidez. Já não se podia mais ver os vultos de Santo Antônio e de Dona Amélia. Eles desapareceram sob a luz de seus olhos.

Por alguma razão desconhecida, naquele momento, Luís se sentiu em paz. Uma brisa fugaz imediatamente aliviou o seu suor abundante. Alguém pareceu chamar o seu nome. Ele, imprudentemente, abriu os olhos. Alarmou-se. Ninguém havia lhe autorizado a fazê-lo. Fechou os olhos novamente por alguns segundos, mas percebeu que ninguém parecia vigiá-lo. Abriu os olhos mais uma vez. Manteve-se imóvel, de olhos abertos e fixos num ponto qualquer. Sua audição procurava algum movimento em volta. Nada. Nenhum ruído. Luís, ainda genuflexo, voltou a tremer. Seu olhar lentamente arriscou vasculhar a paisagem, primeiro para a direita, depois para a esquerda, sem movimentar o pescoço. Nada detectado. Estava aparentemente só. Pensou um pouco. Será que poderia? Estaria livre? Parou de pensar. Instintivamente, em outro gesto de imprudência, virou o pescoço para trás. Num átimo, seu coração teve certeza de que esse giro seria fatal, porém não era mais possível contê-lo.

O movimento tinha se iniciado, e qualquer um que estivesse vigiando-o pelas costas saberia que ele pretendia olhar para trás. Não havia como negar essa evidência. No entanto, perto de si, ouvia-se apenas ruídos da mata. Seu pescoço, com o auxílio de seu tronco e com o apoio da mão no chão, ousadamente direcionou seu campo de visão para trás. Luís demorou a acreditar. Não havia ninguém ali. Ele era o único vivente no local. Aguardou mais um pouco. Girou o pescoço e o tronco, desta vez para o outro lado, procurando alguém. Felizmente estava só. Milagrosamente estava só. Não sabia ao certo quanto tempo ficara de joelhos, então levantou-se. De pé, ficou um tempo imóvel, ainda esperando. Não sabia o que esperava, mas esperava. Depois de ter passado certo tempo, adquiriu confiança para arriscar alguns passos. Procurou a saída da mata. Procurou a estrada. Sabia que estava se arriscando.

O pânico novamente se instalou em seu coração, mas já tinha caminhado alguns metros. Não estava mais de joelhos, estava de pé, procurando a estrada. Devagar, com certeza devagar. No entanto, continuava a procurar. Avistou uma iluminação. Não era a mesma que tinha afastado a imagem de sua mãe e do Santo. Era uma luz artificial, luz de civilização. Era luz de beira de estrada. Chegou perto do asfalto. Estava só, certamente só. E vivo, inegavelmente vivo. Os bandidos já tinham ido, sem dúvida tinham fugido. Levaram tudo. Dinheiro, relógio, documentos, cartões, carteira, pasta, iPad, presente do filho, carro. Tudo. Menos a sua vida. Menos a sua roupa. Menos seus dois celulares.

Naquele momento, dentro da Igreja de Santo Antônio, o segundo celular de Luís, no modo silencioso, o incomodava novamente. Ele não atendeu. Tencionou iniciar outro Pai Nosso, mas a mesma voz de antes o interrompeu mais uma vez:

– O senhor está pronto para se confessar agora?

Não, não estava. Entretanto, iria assim mesmo. Tinha que ir. Percebera que havia feito um trato tácito com o Santo. Santo Antônio miraculosamente salvara sua vida, sob a condição de ele regressar à Igreja Católica, readequando todo o seu comportamento segundo os princípios cristãos. Apenas assim, Santo Antônio poderia atender seu pedido de encontrar a sua mãe no Céu. O primeiro passo, portanto, seria a confissão.

Luís levantou-se. Seguiu como uma alma piedosa até o local da confissão. Lembrou-se de sua adolescência, única época na qual se confessava. Estudara muito o catolicismo nas aulas de religião da escola, mas pouco do que aprendeu ficara na sua memória. Depois veio a faculdade, e os conteúdos nela ministrados eram mais importantes que os conhecimentos adquiridos nas aulas de religião. Deixou de estudar a Bíblia e o catecismo. Recordava-se, entretanto, de algumas orações, de passagens dos Evangelhos e de outros poucos livros bíblicos.

Chegou onde iria se confessar. Acomodou-se da forma mais confortável possível. Os batimentos cardíacos se aceleraram. Estava envergonhado. Sabia que tinha muito a dizer. Temia a reprovação do padre. Temia escandalizá-lo a ponto de não ser absolvido. No entanto, suas preocupações eram sem fundamento. O clérigo que o esperava era um confessor experiente. Acumulara sabedoria com os anos de ofício. Aprendera a intuir a intensidade dos arrependimentos pelo simples arfar da respiração de quem confessa. Seus ouvidos, pacientes, escutavam, por vezes, versões coloridas do passado, com pecados amortecidos. Talvez por força da providência divina, geralmente sabia quando um pecado era ocultado durante a confissão. Paternalmente, sem admoestar o fiel, tirava delicadamente o véu do que não se tinha contado. Tal qual um enxadrista eficaz, jamais demonstrava espanto. Ao final da confissão, perdoava, como era seu dever, mas sempre plantava um conselho na exata camada do solo onde sabia que germinariam pecados futuros.

Após um breve tempo, Luís respirou longamente e iniciou:

– Boa tarde, padre!

– Boa tarde, meu filho. Tudo bem?

– Agora sim, padre! Agora sim! Graças a Santo Antônio!

– Agora sim? Por acaso houve algum incidente que gostaria de me contar antes da confissão?

– Sim, padre. Sim! – disse Luís, lacrimejando. – Tive um problema. Passei pela situação mais dramática de toda a minha vida há dois dias. Não morri por muito pouco, padre! Muito pouco! Sofri um sequestro relâmpago! Uma tragédia! Um horror! Senti o bafo da morte! Mas graças a Santo Antônio, estou vivo aqui, agora. Vivo!

– Graças a Deus, meu filho! Que Jesus Cristo pacifique seu coração! Fico feliz ao ver sua gratidão a Santo Antônio, que intercedeu perante Jesus pela sua vida! Precisamos sempre agradecer cada dia de vida que o Senhor nos concede. E manter a nossa fé acesa.

– Este é o problema, padre! Preciso reacender a minha fé! Fiz um acordo com o Santo num momento crucial do sequestro. Ele me salvou, e agora tenho que cumprir minha parte. Resumindo, padre: tive uma educação religiosa, mas me afastei completamente da fé desde que saí da escola – e aí se vão mais de vinte anos! Contudo, foi a religião que abandonei que me salvou, tenho plena convicção disso. Ao longo de minha vida, porém, pequei muito e me acostumei com outros princípios incompatíveis com o cristianismo. Aliás, em relação a tudo o que penso, não tenho mais certeza do que é e do que não é conforme a doutrina católica. Você acredita na minha regeneração, padre? – suplicou Luís, implorando por uma resposta animadora.

– Filho, você já deu o primeiro passo, que é o arrependimento. Pelo visto, você tem vontade de retornar ao seio da Igreja. Isso é um ótimo sinal! O Senhor nos deu o livre-arbítrio, de modo que podemos ou não seguir a Sua palavra. Arcaremos com as consequências desta escolha, é certo. Confio no seu retorno à Igreja Católica e rezarei por você – após breve pausa, o padre prosseguiu. – Até determinada fase da vida, quando se está a uma distância aparentemente segura da barbárie, o homem vê a morte como uma perspectiva inacessível. No entanto, quando falham os confortos da civilização, o homem, traumatizado com a proximidade da morte, pode se arrepender das suas convicções e dos seus pecados num piscar de olhos, voltando ao caminho da fé. Mas não basta o impulso inicial, gerado pelo susto. É necessário perseverar, ser vigilante, amar a Deus e aos demais homens. É preciso seguir os preceitos cristãos num limite superior a suas forças, mesmo sabendo que em vários momentos se cairá novamente.

Ao ouvir o confessor, Luís silenciou, pensativo. O padre reservou-lhe um momento para a reflexão. Depois continuou:

– Você se sente à vontade agora para começar a sua confissão?

– Sim – respondeu Luís, sem perceber que seu segundo celular, no modo silencioso, vibrava.

– Vamos começar, então. Antes, porém, devo perguntar: você prefere que eu lhe oriente um pouco, já que não se confessa há muito tempo?

– Sim, sim. Prefiro.

Dito isto, o sacerdote iniciou o sacramento.

– Filho, você não tem ido às missas dominicais e às dos dias de preceito, correto?

– Sim, padre, não tenho ido. Assisti apenas às Missas do Galo pela televisão.

– E como você não se confessa há tanto tempo, presumo que, por anos, não tenha comungado no período pascal, que vai da Quinta-feira Santa até o Domingo de Pentecostes. Você tinha consciência de que não comungar nessa época do ano é pecado?

– Não, padre, não tinha consciência... Não me lembrava. Eu comunguei muitas vezes quando estava na escola, e como eram frequentes as confissões, nunca me dei conta de que tinha que comungar ao menos nessa época do ano.

– Se você não tinha consciência, não é pecado. De agora em diante, entretanto, terá que atentar-se a esse preceito.

– Padre, pensando bem, não sei se eu comungava ou não nesse período. Eu me lembro de comungar em todas as missas de sétimo dia.

– Sem se confessar, em estado de pecado mortal?
– Sim.
– Vejo que, sob essas circunstâncias, estando sem confissão, você não fez uma contrição perfeita nem assumiu o firme propósito de sempre se confessar quanto antes possível. Você sabe que pecou?
– Padre, eu pensava que seria uma desfeita com a família do morto não comungar... Eu estava lá, numa encruzilhada, entre o pecado, segundo a Igreja da qual tinha me afastado, e a necessidade de demonstrar apreço pelo morto. Eu tinha que manifestar a minha solidariedade para com a família do falecido – Luís envergonhou-se por alongar-se demais, então encerrou: – Enfim, padre, não importa. Me arrependo.
– Vamos prosseguir, meu filho. Tem respeitado pai e mãe?
Neste ponto, Luís ameaçou chorar. Tinha muita saudade da mãe falecida. Adorava-a em vida e sempre teve nela um porto seguro. Recordou também que foi a devoção da mãe a Santo Antônio que salvara sua vida. Quanto ao pai... Bom, com ele não foi tão complacente.
– Minha santa mãe, padre, que Deus a tenha! Devota de Santo Antônio, nunca a desrespeitei em vida. Nunca! Não posso dizer o mesmo do meu pai. Esse não merece meu respeito.
– Filho, você deve respeitar o seu pai.
– Padre, sempre tive grandes desavenças com meu pai. Esse desgraçado abandonou minha mãe num momento em que não poderia fazê-lo. Sempre a traiu, e ela sofria calada, sem revelar sua mágoa. Até aí entendo, aceito... Um homem precisa aliviar, vez ou outra, sua tensão fora de casa – Luís fez uma pausa, temendo ter dito algo que desagradasse o sacerdote. Logo prosseguiu: – Mas você acredita que um dia ele a trocou por umazinha que não tinha nem trinta anos, padre?!

Neste momento, seus dois celulares, no modo silencioso, tocaram. Incomodado, Luís pediu um tempo e desligou ambos os aparelhos. Em seguida, continuou:

– Enfim, desculpe-me a interrupção. Não há como gostar dele, não há como respeitá-lo, padre. Tive sérias brigas com ele, estamos rompidos. Até mesmo porque, três meses após a separação, minha mãe, pelo sofrimento da ruptura abrupta, foi diagnosticada com um câncer fulminante e faleceu rapidamente.

O confessor ponderou o que responderia e, por fim, disse:

– Meu filho, compreendo a mágoa de seu pai. Entretanto, honrar pai e mãe é um dos dez mandamentos. Disse Nosso Senhor Jesus Cristo que não devemos julgar os outros, para não sermos julgados. Seu pai não matou sua mãe. O câncer foi uma fatalidade. Talvez decorrente do sofrimento dela, talvez não. Seu pai não teve a intenção de matá-la.

Luís ouviu calado. Ruminava sobre aquela problemática possível reconciliação. Lembrou-se, de repente, de que o pai soubera do sequestro – não se sabe como, mas soubera – e que tentou falar com ele no dia anterior, duas vezes pelo celular e outra pelo telefone residencial. Luís não atendeu. Com certo contragosto, concluiu:

– Padre, arrependo-me de todas as vezes que ofendi o meu pai. Tentarei uma reconciliação. Vamos prosseguir com a confissão. Sinto ódio, padre. Muito ódio. Desejo profundamente a morte dos que me sequestraram.

– Filho, na oração do Pai Nosso é dito: "Perdoai as nossas ofensas, assim como nós perdoamos a quem nos tem ofendido". Sei que você ainda está sob violenta emoção e que é muito difícil perdoar quem faz uma brutalidade como essa conosco. Entretanto, devemos perdoar ainda assim, rezar pelas almas atordoadas de quem nos ofendeu, para que eles se arrependam e encontrem o caminho da salvação. No mais, temos que torcer e orar para que a justiça seja feita.

— Qual justiça, padre? Existe justiça neste mundo?

— Devemos torcer e orar pela justiça dos homens, para que os aparelhos estatais funcionem como devem, aplicando a cada um a devida sanção pelos seus delitos. Já pela justiça divina não precisamos torcer, porque ela é infalível e garantida, embora seja sensível às orações. Essas colocações, contudo, são secundárias. O importante é que você deixe florescer o perdão no seu coração.

— Padre, é muito difícil atender esse pedido...

— Filho, eu sei. O caminho da salvação exige muitas renúncias, algumas até majestosas. É importante saber que, por vezes, as pequenas abdicações são até muito mais difíceis de serem realizadas do que as grandes. Com frequência, pequenos heroísmos cotidianos exigem uma força de espírito que só se conquista com longos anos de esforço ingente e contínuo, enquanto um grande heroísmo demanda, em grande parte dos casos, somente o ímpeto da coragem, que dura segundos. Voltando ao que falávamos, devemos renunciar o desejo de vingança, de modo a debelar o ódio que se instala no nosso coração contra nossos irmãos.

— Entendo, padre, embora eu tenha dificuldade em renunciar esse ódio. Já senti ira muitas outras vezes. Quis brigar em algumas ocasiões. Certa vez, quando estava noivo de minha mulher, acertei um soco fulminante num engraçadinho que a paquerou na minha frente. Sinto que tenho que confessar isso também.

— Sim, meu filho. Esse é o caminho. Prossiga. Algum outro pecado capital além da ira? Os outros seis são gula, avareza, luxúria, inveja, preguiça, vaidade.

— Inveja, padre. Muita inveja. Invejo e invejei muitos. Custo a me controlar quando vejo que alguém, por exemplo, tem um carro melhor que o meu, viaja mais do que eu, tem uma casa melhor que a minha. Quanto à gula, às vezes como bem mais do que deveria, apesar de não ser gordo. Não dou esmolas nem faço doações para a caridade. E sou vaidoso, sim. Gosto de cuidar do meu asseio pessoal e de minha aparência.

– O pecado da vaidade, aqui, meu filho, está no excesso. Trata-se da vaidade excessiva, do narcisismo. A substituição dos valores espirituais pela veneração do corpo físico é que é pecado. Ou ainda a vaidade orgulhosa, daquele que se vangloria, interna ou externamente, por se sentir superior aos seus irmãos. Todos nós temos pontos fortes e fraquezas, de maneira que não devemos menosprezar nossos irmãos por eventualmente sentirmo-nos melhores do que eles em algum aspecto. Como dizem os Provérbios de Salomão, a sabedoria está com os humildes. Segundo teólogos, o orgulho foi o primeiro pecado cometido pelo homem no Éden, quando Adão e Eva quiseram se igualar a Nosso Senhor. Seja humilde e tome cuidado para não se orgulhar da própria humildade também. Já o asseio pessoal é salutar, e vestir-se bem, cortar o cabelo de forma decente e exercitar-se para se manter saudável não configuram pecado – embora nós, franciscanos, façamos questão de demonstrar nossa humildade até mesmo nas roupas. Outra coisa, filho, seja caridoso e se vigie quanto aos demais pecados. Há algo mais de que você se lembre?

Luís parou por um tempo. Ganhou coragem para confessar um pecado espinhoso:

– Padre, sinto que cometi um outro pecado grave. Minha mãe deixou um apartamento quando morreu. Ficou comigo e minha irmã, já que meu pai, talvez envergonhado do que tinha feito, ou comovido com o fim trágico de minha mãe, disse que não queria sua parte do imóvel. Esse apartamento ficou alugado por alguns meses, e despejamos o inquilino por falta de pagamento. Minha irmã mora no estrangeiro, está bem de vida, bem-casada, e não precisa de dinheiro. Eu disse a ela que iria alugá-lo novamente, e demorou três meses para eu encontrar um novo locatário. No entanto, eu ainda não contei à minha irmã que o apartamento já está alugado. Ela parece não se importar com a renda do aluguel, e eu estou precisando muito desse dinheiro. Já se vão três meses que não repasso a parte dela do aluguel.

– Filho, você deve corrigir essa situação, pedir perdão à sua irmã. Nosso Senhor lhe perdoa. Algo mais que você queira confessar?

Reinou um novo silêncio. O confessor percebeu que ele significava alguma coisa, então deixou transcorrer um tempo, para que o fiel tomasse coragem de prosseguir na confissão. Depois lhe perguntou:

– Filho, você tem algum outro pecado de que se recorde?

– Não sei, padre. Estou pensando.

– Você tem respeitado sua esposa? Guardou a castidade quando era solteiro?

Luís tinha muito a dizer.

– Padre, antes do casamento, tive relações sexuais com frequência. Não guardei minha castidade. Quando me casei, tinha uma amante, a Ana, e alguns outros flertes ocasionais, geralmente em viagens a trabalho. Sempre de forma muito discreta, para não magoar minha mulher, como fazia meu pai com minha mãe.

– Bom, aparentemente você não tem mais uma amante. Deve evitar esses flertes e esses casos extraconjugais que você tem esporadicamente.

– De fato não tenho mais a Ana. Perdi-a por ciúmes.

– Sim, que bom que ela percebeu que você era um homem casado e que não poderia se dedicar a dois afetos.

Neste momento, Luís tencionou parar. Pensou em dizer que já tinha contado tudo. Porém, ainda não tinha terminado:

– Padre, a Ana não tinha ciúmes da minha esposa. Ela achava que eu tinha escolhido a minha mulher por ela ter mais dinheiro. A Ana parecia aceitar bem a condição de amante. Via o nosso relacionamento como um romance trágico, uma paixão boicotada por fatalidades financeiras, um amor que desabrocharia em plenitude num futuro idealizado. Ela acreditava que eu era o seu amor predestinado, cármico. O problema com a Ana começou quando a Raquel, que veio de Teresópolis, foi contratada pela empresa em que trabalho.

Luís fez uma pausa. Sentia claro desconforto.

– A Raquel é linda, padre. Me encantei com ela assim que a vi. Ela é delicada, mas decidida. Vi muito charme no seu jeito misterioso. E ela gostou de mim também. Em pouco tempo, estávamos namorando. Ela se tornou meu segundo caso fixo extraconjugal. A Ana ficou sabendo da Raquel por um conhecido em comum que trabalha comigo. O desgraçado gostava da Ana, e agora eles estão juntos. Ele se aproveitou da desilusão dela. Ana percebeu que não éramos almas gêmeas, que eu estava aberto a outras mulheres também, que ela não me era suficiente. Isso foi fatal.

– Sim, filho, entendo o fim de seu caso com a Ana. Você continua saindo com a sua amante do trabalho?

– Pois bem… Sim, padre. Sim. Na verdade, esta questão tem me atormentado bastante. Ainda não me decidi entre Raquel e Lia, minha esposa.

– Filho, se você quer seguir uma vida cristã, deve ficar com sua esposa e terminar o relacionamento com sua amante. A Igreja vê o matrimônio como um laço indissolúvel, uma instituição sagrada, de modo que não pode ser rompido pela simples vontade do homem. O que Deus uniu, que o homem não separe.

– Mas, padre, vejo tantos amigos católicos cujos casamentos não deram certo, mas que que vão à missa semanalmente, que oram, leem a Bíblia. Não é possível o divórcio?

– Em circunstâncias especiais, é possível que haja a nulidade do matrimônio perante a Igreja. No momento, porém, isso não vem ao caso. Quanto aos divorciados, mais especificamente aqueles que contraíram um segundo casamento pelas leis civis sem obter a nulidade do matrimônio religioso, a Igreja os recebe de braços abertos. Infelizmente, entretanto, eles não podem viver em plenitude a sua fé. Não podem comungar, ou seja, participar da Eucaristia, sacramento central da Igreja, que representa o sacrifício de Jesus Cristo por toda a humanidade. É o nosso alimento espiritual, o corpo e o sangue do filho de Deus transfigurados em pão e vinho. É o Cristo que nos é oferecido na hóstia sagrada, o pão que continua sendo o corpo de Jesus.

Dito isto, o confessor se calou por um momento. Em seguida, continuou:

– Filho, você deve preservar o seu casamento. Você assumiu um compromisso diante de Deus. Você e sua esposa são uma só carne.

Luís estava relutante. Atordoava-o a aflição que lhe causava os conselhos de seu confessor. Finalmente balbuciou as seguintes palavras:

– Padre, talvez isso não seja mais possível! Ou talvez seja, mas será dramático.

– Sei que é difícil, meu filho. Os afetos nos enroscam como teias de aranha. Mas a sua fé pode lhe ajudar nesta resolução difícil.

– Talvez não possa, padre... Talvez eu tenha que adiar o restante de minha confissão.

O sacerdote não compreendeu o que lhe foi dito. Perguntou a Luís o que ele quis dizer com aquela frase. Luís ameaçou interromper a confissão, mas, nos embaraços da indecisão, pensou alto e acabou dizendo:

– A Raquel está grávida de dois meses, padre. Teremos que fazer um aborto! Infelizmente!

Luís ruborizou ao perceber que falara mais do que pretendia. O confessor lhe respondeu:

– Filho, vocês não podem fazer isto. O aborto é um pecado gravíssimo! Resulta na excomunhão automática, segundo o Direito Canônico. Só pode ser perdoado pelo bispo local, ou por alguém a quem o bispo tenha conferido autoridade para perdoar...

– Padre, se a Raquel tiver o bebê, meu casamento acabará. Não haverá como escondê-lo da minha esposa!

– Filho, lamentavelmente, essa é uma situação muito delicada. Você deve orar muito, conversar com sua esposa, demonstrar que está arrependido. Se precisar, procure a nossa ajuda, o nosso conselho, junto com a sua mulher. Poderemos lhe ajudar.

– Padre, hoje tenho fé, vi um milagre acontecer. Mas não acredito que minha esposa me perdoará. Terei que abortar. Depois vejo como me redimir perante a Igreja.

– Você não pode sacrificar um inocente, meu filho. De jeito algum!

Luís começou a chorar. O sacerdote lhe disse algumas palavras de consolo:

– Não é possível voltar ao passado. Cuide de seu filho com a sua amante com todo o amor e carinho. Assuma as suas obrigações de pai. Explique-se para sua mulher. Mostre seu arrependimento e diga quanto a ama. Procure o nosso auxílio, ou o de algum padre de sua confiança. Se necessário for, junto com sua esposa. Há um encontro de casais católicos que a Igreja promove. Talvez isso lhe ajude com sua mulher. E reze, reze bastante, diariamente. Reze para que a Virgem Maria ilumine os seus caminhos e salve o seu casamento.

O padre prosseguiu:

– Gostaria de confessar algo mais, meu filho? Há algum pecado de que você se lembre e que não foi confessado ainda?

Luís, ainda lacrimejando, respondeu que não. Confirmou seu arrependimento e pediu absolvição. O sacerdote solicitou que ele o acompanhasse na oração do ato de contrição e depois proferiu as palavras litúrgicas sacramentais.

– Como penitência, meu filho, reze cinco pais-nossos e cinco ave-marias. Não se esqueça também de comungar na próxima missa. E tenha fé em Nosso Senhor Jesus Cristo, que seu casamento será salvo.

Os dois se despediram educadamente. Luís sentiu um pesado alívio. Dirigiu-se imediatamente à capela e rezou o dobro das orações de penitência. Após meditar um pouco, resolveu partir.

Não quis enfrentar o sufoco do elevador. Preferiu o ar livre da rampa de descida, para poder contemplar o verde das plantas que sobreviviam no meio da selva de concreto. Após descer a rampa, um pouco adiante, se lembrou das ligações recebidas nos dois celulares, que permaneceu em modo silencioso. Ligou os dois aparelhos. Havia várias mensagens de *WhatsApp*, e ele não as conferiu de pronto. No primeiro celular, viu que havia uma ligação não atendida de sua esposa. Sua amante, Raquel, tinha ligado várias vezes para seu segundo celular, sem sucesso. Apenas as duas tinham telefonado. Luís hesitou, pensando um pouco. Enfim, resolveu ligar para a amante:

– Luís, meu amor, como você está?!?! Estou muito preocupada. Só soube há pouco tempo. Voltei hoje de São Paulo e fiquei estarrecida com o que lhe aconteceu. Você está bem?!?!

– Sim, estou, minha linda. Não fui trabalhar depois do sequestro, porque ainda estou traumatizado. Voltarei na segunda.

– Preciso muito lhe ver. Antes de segunda, muito antes de segunda. Preciso tocar em você, ver pessoalmente como você está. Preciso ter certeza de que você está bem. A gente pode se ver hoje?!?!

Luís pensou um pouco. Raquel, angustiada com o silêncio, desandou a falar, mas foi interrompida por Luís:

– Sim, estou bem. Podemos nos ver hoje. Meu carro está no Terminal Menezes Cortes. A gente pode se encontrar lá, em frente aos elevadores, para sair um pouco e conversar. Você consegue dar uma desculpa aí no trabalho?

– Sim, dou um jeito! Arrumo alguma desculpa, mas tenho que lhe ver. Luís! Amo muito você! Muito!!!

– Também amo muito você! Muito!

– Estarei lhe esperando! Um beijo na boca, meu amor!

Luís fez outra pausa e respondeu:

– Um beijo! Até logo.

Luís caminhou sete longos minutos pelo curto trajeto até o local do encontro.

O poeta

"Não sou nada.
Nunca serei nada.
Não posso querer ser nada.
À parte isso, tenho em mim todos os sonhos do mundo."
Tabacaria, Fernando Pessoa.

Desde a escola, sempre foi bom de poesia. A professora toda vez o elogiava, com superlativas ênfases:

– Sublime! Muito bom, meu jovem! Você tem vocação para ser poeta! – dizia ela, flutuando na perigosa fronteira que separa a admiração da paixão.

As garotas não resistiam ao flerte de suas rimas, que as adjetivavam sedutoramente. Juliana, morena dos lábios de mel e de pernas primorosamente torneadas, era retratada nos seus versos como uma Afrodite acima do engenho e da arte de Michelangelo; Rebecca era a ruiva meiga de beleza judia e sardas discretamente irresistíveis; Leona, com signo e ascendente em leão, neta de alemães, era dona de faiscantes olhos azuis e de cabelos cor de ouro; Charlotte, apesar de vir do Méier, era perigosamente francesa no charme e no nome; Helena, uma fortuna que os gregos nos legaram, um tesouro redescoberto da Guerra de Troia, com porte de amazona; Clarissa, deusa de ébano, ganhou, num de seus versos, o sugestivo apelido de Cleópatra... Os galanteios eram quase inumeráveis.

A sua maior façanha, no entanto, foi com Maria Clara, unanimidade em sua turma. Modelo em início de carreira, era tida como a mais bela entre as belas. Mas só namorava os mais velhos. Era um caso perdido para os numerosos admiradores do colégio.

Certo dia, Maria Clara apareceu triste na escola. Na verdade, chorando a cântaros, segundo um jargão dos poetas antigos. Uma professora até pediu, no meio da aula de Química, que ela fosse ao banheiro se recompor. Diziam as amigas que ela tinha terminado com o namorado.

Surgira então a grande chance.

O poeta foi para casa, euforicamente compadecido. Maria Clara, a sílfide inatingível, era a musa secreta de muitos dos seus versos. Um soneto declaradamente em homenagem a ela não poderia ser, portanto, de forma alguma desastrado – o que já ocorrera uma vez, com uma sansei que lhe disse preferir haikais. Chegando em casa, ele leu poemas românticos, principalmente sonetos ingleses de Shakespeare – em boa tradução –, de Vinicius de Moraes e de Neruda – este lia em espanhol mesmo. Gostava muito desses poetas. Não achou, porém, em todos aqueles alinhados versos, nada que o inspirasse a compor o seu xeque-mate sedutor. Percebeu, finalmente, que o soneto deveria poetar sobre as possíveis virtudes do abandono amoroso, insinuando um convite à esperança.

De repente, lembrou-se de um sermão do Padre Antônio Vieira que se chama "Remédios do Amor e o Amor sem Remédio", ou coisa assim. Procurou-o imediatamente na sua biblioteca, achou e o releu. Meditou um pouco para garimpar o que precisava daquele sermão. Em dois dias, concluiu um soneto, o qual denominou

"Amor sem remédio" e terminava desta forma: "Quem procura remédio num amor/ Acha um amor que não terá remédio".

No dia seguinte, sexta-feira, após o fim das aulas, entregou-o à Maria Clara, dentro dum envelope elegante, e foi embora. Para quê? O final de semana passou em suspense, com a expectativa do desenlace. "Será que ela entenderá o poema? Ficou rebuscado demais? Fui ridículo? Deveria ter esperado mais?", pensava ele, enquanto o filme passava despercebido na tela do cinema, onde estava com amigos.

Segunda-feira, o encontro. Uma rápida troca de olhares, um sorriso, algumas palavras e, no recreio, logo estavam de mãos dadas. Após as aulas, rosto de um colado no rosto do outro, o sol do fim de tarde ao fundo, os amigos, boquiabertos, espiando ao longe.

Enfim, ele era um grande talento. Tinha a poesia no sangue. Muito possivelmente viera dos genes maternos, pois sua mãe sabia de cor Cantos inteiros de *Os Lusíadas*. Quando bebê, ele a ouvia niná-lo com poemas de sua própria autoria. Com cinco anos, a mãe o ajudara na alfabetização, com poesias mais simples. Enquanto crescia, em todos os finais de semana, durante alguns anos, a mãe lia para seu único filho as poesias mais sublimes do gênio humano. De tanta insistência, o menino pegou gosto e passou a ler e reler versos de sua preferência, declamando-os em voz alta, tentando decorá-los, ou mesmo reescrevê-los, conforme os limites de seu ainda escasso vocabulário.

O pai, porém, sempre o alertava:

– Filho, poesia não enche barriga. Você escreve bem, gosta de ler. Faça Direito, não Letras!

Relutou muito. Entretanto, a contragosto, seguiu o conselho da experiência do pai.

A faculdade foi fácil. Conheceu novas meninas, apesar de já

não causar o mesmo efeito com o velho truque da poesia, então aprendeu novos caminhos. E ainda aproveitou o curso de Direito para se aproximar do latim, enriquecer sua cultura e, principalmente, engrandecer seu vocabulário com palavras ressonantes e arcaicas. Queria uma poesia mais erudita. No mais, todos estudavam para prestar concurso, e o poeta universitário fazia o mesmo.

Concluiu o curso de Direito, com diploma *summa cum laudae*. Tudo indicava que seria o orador da turma, mas, devido a uma conspiração iniciada não se sabe onde nem por que foi vitoriosa, outro estudante foi eleito.

Quando soube da derrota, o pai, que fora o grande incitador de sua candidatura, não se importou muito. O dia tinha sido bastante estimulante, e esse fracasso estranhamente lhe pareceu pequeno. No entanto, comiserou-se do abatimento de seu único herdeiro. Quarto copo de uísque na mão, sentou-se ao seu lado e, com um braço nos ombros do filho, tropeçou as seguintes palavras:

– Filho, eu sabia que este negócio de gastar poesia com todo tipo de gente não podia dar coisa boa! A vida é muito simples e coerente. Então aprenda com seu pai: as pessoas é que são incoerentes, e o mundo, imprevisível. Somente assim funciona a engrenagem! – e mais não disse, voltando a confraternizar com o uísque.

O poeta atribuiu tais dizeres à bebedeira e logo esqueceu sua frustração.

Foi grande a festa de formatura. Divertiu-se muito, dançou, embebedou-se e jurou que casaria com sua namorada de três meses, uma colega também recém-formada. Arrependeu-se do noivado no meio da ressaca do dia seguinte. E assim perdeu o afeto de uma futura Procuradora da República.

Bacharel em Direito, carteira da Ordem dos Advogados na mão, continuou a estudar para concursos. Foi então que se separou da Sexta Arte – também conhecida como a arte da palavra, da literatura e da poesia – e se enfurnou nos termos jurídicos das apostilas. Como era bom de provas, logo passou em um certame público: Analista Judiciário na Justiça do Trabalho. Festa!

Após a publicação dos aprovados no Diário Oficial, aguardava-o um ambiente de trabalho suportável, salário não muito bom, mas suficiente. Passou entre os primeiros no concurso, de modo que pôde escolher continuar na capital do Rio de Janeiro, onde morava. Era solteiro e estava confortável vivendo no apartamento dos pais, que ganhavam bem e ainda eram herdeiros de alguma fortuna de imigrantes portugueses batalhadores. Assim, podia economizar a maior parte do que ganhava mês a mês. Aborrecia-o um pouco as arengas dos advogados, as novas leis e as mudanças de jurisprudência, mas ele se atualizava em rápidas leituras, quase que por osmose.

Passados alguns meses da celebração daquela conquista, a euforia degenerou-se em comodismo. O pai não estava muito satisfeito com a falta de ambição do filho, que desdenhava competir por cargos públicos mais altos. Resmungava dia sim, dia não: "Meu filho, com sua verve e estampa, eu seria Ministro do Supremo!". Porém, a memória das maçantes apostilas e dos infindáveis resumos, do estresse das provas, além de todo o chamego da prosperidade familiar, arrefeceram completamente a ganância do jovem por outros concursos.

E assim vivia o poeta adormecido. Talvez pela rotina sem sobressaltos, ou ainda pela falta de grandes obstáculos para sobrepujar, o fato é que, entre os "data vênias", os "inconformismos" e os "trânsitos em julgado" que tanto o aborreciam nas petições que lia no trabalho, em algum dia que não se pode precisar, ele sentiu que lhe faltava algo. Precisava de desafios diferentes. Novos concursos públicos estavam fora de cogitação. Definitivamente, não o excitavam. A poesia, por sua vez, ainda descansava nos livros que possuía em sociedade com a mãe – a única que não havia abandonado o lirismo.

Durante um tempo, tentou, em sequência, praticar jiu-jítsu, maratona, triatlo, campeonatos amadores de kart *indoor*... E nada. Viajou pela Europa como mochileiro, hospedando-se em albergues. Foi maravilhoso, apaixonou-se por uma holandesa que igualava seus 1,86 metros de altura – e que o trocou, logo após a sua partida, por um argentino, mudando-se em poucas semanas para Buenos Aires. Ele, porém, não poderia ficar ali. Tinha um cargo público a defender. Viajar era uma solução apenas momentânea. Não tardou para que sentisse a necessidade de voltar a procurar outros desafios. Frequentou algumas aulas de Filosofia, russo e grego arcaico – tinha o sonho de traduzir Homero um dia –, enquanto abarrotava-se com novas conquistas amorosas – o que lhe trouxe alguns aborrecimentos evitáveis... Tudo fascinante, mas nada saciava sua teimosa inquietação.

Por fim, redescobriu que era um eterno e incurável apaixonado pela poesia. Voltou a ler poemas com apetite pantagruélico, ainda mais vorazmente do que no passado. Aos poucos, voltou a arriscar versos, não mais no papel – como gostava de fazer, para sentir o poema pulsando na tinta –, e sim nas facilidades do *Word for Windows,* com o auxílio do *Google* para esclarecer suas dúvidas. Estava descalibrado, mas gradativamente foi afiando de novo o seu lirismo.

Escrevia agora sempre de forma metrificada. Sonetos heroicos ou alexandrinos, imaculadamente rimando. Não fazia poesia livre nem versos brancos, embora admirasse poetas que escrevessem assim, tais como Carlos Drummond de Andrade, Manoel Bandeira, Mário Faustino, Augusto Frederico Schmidt, dentre inúmeros outros. Um pouco acima no seu panteão particular, João Cabral de Melo

Neto, Fernando Pessoa, Jorge Luis Borges e Arthur Rimbaud. No alto, Olavo Bilac e Bruno Tolentino. Acima de todos, Dante Alighieri.

Com o tempo, escreveu o primeiro livro. Estava eufórico. Pela primeira vez, via que seus poemas formavam um todo confuso, mas no qual ele imaginava alguma coerência interna. Mandou o original para várias editoras renomadas, caprichando na encadernação e na carta de apresentação. Lamentava apenas seu minguado currículo de poeta. Suas conquistas românticas proporcionadas pela poesia foram saborosas, porém profissionalmente inúteis. Enviou tudo em cartas registradas, com aviso de recebimento.

Passou-se o primeiro mês. Nenhuma resposta. Na mesma toada, foram-se os meses seguintes. Resposta alguma vinha, mas a inspiração fervilhava. Ganhara uma menção honrosa com um poema enviado a um concurso literário de uma cidade no interior de Mato Grosso do Sul. Foi quando, para orgulho até mesmo de seu pai, teve seu primeiro poema publicado numa coletânea.

Veio o segundo livro, mesma receita. Desta vez, porém, com a menção honrosa citada no currículo e na carta de apresentação. Enviou às mesmas editoras famosas e mais a algumas outras. Agora iria conseguir.

Não conseguiu resposta. Ainda assim, começou a preparar mais um livro. Desistiu, por ora, de mandar seus originais para editoras de renome. Tinha que repensar sua estratégia para alcançar a fama. Esta última obra, enviou apenas para editoras de porte médio, que publicavam poesia de autores desconhecidos. Ganhou a segunda menção honrosa com um dos poemas desse terceiro livro, conquistada em um concurso literário da cidade de Itabira – terra de Drummond, o que lhe pareceu bom augúrio.

No entanto, também não teve sucesso e jamais publicou essa sua obra. Com o orgulho ferido, leu Mário Quintana em voz alta:

"Eles passarão.../ Eu passarinho!", mantendo firme seu propósito de triunfar na poesia.

No quarto livro, conseguiu uma editora que o publicasse. Não era renomada, e a tiragem seria sob encomenda, mas era um livro publicado! Deu-lhe o título *"Tertium non datur"* – por algum motivo esotérico, todos os seus livros tinham nomes em latim, língua que lia com bastante dificuldade.

Fez muita propaganda entre conhecidos, amigos e parentes sobre a publicação e a noite de autógrafos do livro. Boa parte da Justiça do Trabalho prometeu comparecer. Seria inesquecível!

Na tão esperada noite, contudo, apenas familiares e amigos mais chegados, além de dois ou três conhecidos, estiveram presentes. Aproximadamente vinte e cinco pessoas vendo o futuro grande poeta despontar – inclusive o juiz de sua Vara do Trabalho, efusivamente cumprimentado pelo seu pai. Apesar do público reduzido, ele caprichava tanto nas dedicatórias que não reparou nas muitas vezes em que sua então namorada trocou olhares nada decorosos com um colega de trabalho.

Passada a noite de autógrafos, impacientava-se sem saber por quê. Passou a acompanhar mais detidamente os blogueiros que publicavam poesia na internet, na esperança de ser descoberto. Ligava de vez em quando para a editora, para acompanhar a vendagem do livro.

Em quatro meses, cinco exemplares vendidos.

Não poderia ficar assim!

Seu próximo livro seria fulminante, um soco no estômago. Trágico, marcante. "Irei até onde as palavras podem chegar!", jurou o poeta para si mesmo. Escolheu outro título em latim: *"De profundis"*. Depois, começou a reler poetas para se inspirar. Cruz e Sousa, Augusto dos Anjos, os sonetos de Bocage arrependido da devassidão...

Ainda era pouco. Partiu para poetas de outras línguas, somados a obras de Schopenhauer, ao Livro de Eclesiastes, a "Apologia de Sócrates", de Platão, e a "A consolação da Filosofia", de Boécio.

No entanto, não lhe bastava reler os livros de autores alheios. A inspiração precisava de vida bruta, de experiência própria, para rechear os poemas. Lembrou-se da época de faculdade, no Tribunal do Júri, quando assistia a julgamentos de homicídio. Os golpes de retórica, os duelos de grandes eloquências, as miúdas sementes de retumbantes tragédias... Os dramas daquele teatro de realidades o impressionavam vivamente.

Recordou-se de um julgamento em que um vizinho havia matado o outro. Os dois viviam às turras, até que, num eclipse da razão, ocorreu o assassinato. No dia do julgamento, todas as testemunhas, mesmo as de defesa, antipatizavam com o criminoso. A acusação explorou habilmente esses depoimentos nas razões finais. Após finalizarem, o defensor começou dizendo: "A unanimidade de ódios é sempre o reflexo de grandes virtudes". E continuou, escavando, nos depoimentos testemunhais, as virtudes inesperadas do assassino, cujo vislumbre apenas pôde ser visto na comparação entre as versões, na incompatibilidade dos ódios que se desmentiam mutuamente.

O poeta fez um soneto em homenagem a esse julgamento. Usou como título uma frase do seu professor de Direito Penal que ficou na sua cabeça: "No Tribunal do Júri, julgam-se almas".

Lembrou-se de outro caso, no qual um homem havia assassinado a mulher, por infidelidade. Depois de felizes anos de casamento, o traído de repente descobriu que a mulher o traía com o primo dele. "Legítima defesa da honra!!", "Privação dos sentidos!!", bradou seu defensor. "Este caso merece um soneto alexandrino", pensou o poeta.

Teve alguma dificuldade em compô-lo. Socorreu-se na mitologia grega, após lhe vir à mente suas remotas aulas de Cultura Clássica. Então começou o poema, introduzindo na primeira estrofe os mortais envolvidos na trama. Rima daqui, apaga dali, e dormiu com os versos na cabeça, contando com a ajuda de Morfeu. Após três dias, estava ainda num impasse. Constatou que sua intimidade com os mitos gregos não era de se invejar, como antes pensava. Resolveu consultar um dicionário de mitologia. Imaginou, por fim, um enredo envolvendo Nêmesis, deusa da Vingança, sua irmã, Thêmis, deusa da Justiça, e Cupido, com suas flechas da paixão.

Fechou o soneto com os seguintes versos: "Cupido lança a flecha ungida de paixão/ Nêmesis, com seu raio de ira, a torna um punhal/ Deixando que sua irmã Thêmis repare o mal".

Lembrou e sonetou outros casos a cujos julgamentos assistira, parando num derradeiro. Era um crime meio confuso, um assassinato chocante, manchete de jornais. Um parricídio! O filho mais velho disputava a amante com o pai. Por isso, foi acusado de envenená-lo. A Promotoria estava convicta da culpa do filho. A defesa, porém, tentava convencer os jurados da inocência do acusado, insinuando que o autor do crime seria outro. Segundo boatos, o irmão bastardo do acusado. O poeta achou aquele enredo intrigante. Apesar de alguns o acharem pretensioso, reconheceu que captar as nuances daquele julgamento num constrito soneto estava de fato muito acima das possibilidades expressivas de seu (ainda desconhecido) talento literário.

Após alguns meses, restava-lhe ainda escrever o último soneto. Sobre o que seria este? Tinha que fechar o livro com uma chave de ouro, denominação que se dá ao último verso dos sonetos, quando nele é apresentada uma síntese de tudo o que foi abordado, finalizando toda a ideia contida no poema. Meditou bastante, até chegar a uma conclusão.

Certamente, após tantas tragédias humanas, o livro deveria se encerrar com um soneto dedicado aos estoicos. O último soneto seria heroico – dez sílabas poéticas, com tônicas na sexta e décima sílabas. Lembrou-se do verso "*Lo fece natura e poi ruppe lo stampo*" (A natureza o fez, depois perdeu o molde), de Ariosto. O título do soneto seria esse mesmo, e o último verso seria sua tradução adaptada para a métrica do verso heroico. Mas como exaltar os estoicos? Concluiu que a melhor forma de fazê-lo seria obedecendo a seguinte cronologia: primeira estrofe – início da descrição dos estoicos; segunda estrofe – exaltação dos estoicos e início da comparação deles com outros homens; terceira estrofe – o homem perverso, para assinalar o contraste de temperamentos; quarta estrofe – derradeira exaltação do estoico. Assim, passou a lapidar o seu poema.

Fez diversas versões para cada verso – menos para o último, que, como dito antes, já estava adaptado e pronto. Após muito burilar, um dos versos acabou terminando em "vulgo", e ele se empolgou. "Vulgo rima com julgo! Rima rica! Rica, não. Riquíssima!", pensou alto. Ao cabo de longa labuta, ficou satisfeito com a seguinte versão final:

Lo fece natura e poi ruppe lo stampo

Nas mesquinhas pulsões do ser humano
Nos louros que só trazem desventura
Um nume nunca neles se aventura
Vive no mundo, mas não é mundano

Eis o estoico, que habita além do plano
Dos homens de outra têmpera e natura
Tem na vontade reta a sua ventura
Despreza o vício, e tudo o que traz dano

A espadana no olhar do homem mau, o vulgo
De ínfima faísca arranca inédito ódio
Na escuma da vingança está o seu pódio

Já no estoico, não há mal que se amolde
Ao próprio malfeitor, diz só: "Não o julgo"
A natureza o fez e perdeu o molde.

    Pronto! Retocou ainda, mais uma vez, meia dúzia de sonetos anteriormente feitos, e o livro estava magnificente! Louco para ser publicado!
    Faltava algo, no entanto. Desta vez, precisava de um padrinho para sua publicação. Tinha que ousar mais, conhecer gente nova, gente adequada aos seus propósitos. Começou a buscar, na internet, a agenda de Casas Culturais no Rio de Janeiro, com o intuito de encontrar palestras de poetas famosos a que pudesse comparecer. Deparou-se com uma perfeita!
    Foi então à palestra de um grande poeta que admirava muito, com o seu original em mãos, devidamente encadernado. Impressionou-se talvez em excesso com a atmosfera do ambiente. Que aula magna! Que homem! No tom da voz dele se acumulavam todos os refinamentos do sucesso.
    No final da palestra, várias pessoas cercavam o ilustre poeta. Pessoa fina. Sabia escrever e falar bem sobre literatura. Apesar de possuidor de uma cultura ampla, ainda não conhecia o seu

trabalho!! O seu último livro!! Essa realidade, porém, não resistiria mais por muito tempo.

Arrumou um jeito de se aproximar do poeta, em meio a uma pequena multidão. Elogiou sua obra, recitou de cabeça dois poemas curtos do consagrado autor – embora fossem versos livres – e contou que também era poeta!! O famoso vate coçou o topo da cabeça, olhou para a encadernação nas mãos do poetinha, forçou um sorriso e disse: "É mesmo? És poeta? Meus parabéns!! Mantém-te firme nesta lida tão dificultosa que, um dia, o sucesso te sorrirá como uma fatalidade!". Dito isto, ele deu dois tapinhas no ombro do jovem e então olhou para o lado: "Lúcia, meu amor!! *Comment allez-vous ma chérie?!*", trocando dois beijos no rosto da amiga.

O jovem escritor, no entanto, tocou no ombro do distinto poeta, enquanto este beijava a amiga. O homem, após alguns segundos, voltou-se para ele. O jovem entregou-lhe o maço de papéis que continha o seu último livro, tendo na capa seu nome completo, telefone, celular e e-mail.

Faltou apenas a foto para a posteridade! O grande campeão olímpico acabava de receber o bastão das mãos da mais nova grande promessa. "Leia!! Veja o que você acha e, por favor, me diga! Pode me ligar quando quiser!!" "Lerei.", disse o poeta, "Entro em contato", finalizou.

No dia seguinte, o jovem estava eufórico. Em breve, seria iniciado na maçonaria dos grandes talentos. Conheceria o grande poeta e sua família. Tinha visto a casa dele em entrevistas na TV. Visualizava-se visitando-o, recebendo elogios vários, um ou outro reparo em sua obra e uma carta de recomendação. Já se via nas feiras de livros, autografando para multidões. Via-se sendo entrevistado nos jornais, na televisão, sendo cogitado para o Nobel.

Na segunda semana, sabia que a ligação de seu mentor ainda logo viria. Na terceira semana, estava um pouco menos animado. Olhava avidamente os cadernos culturais dos jornais para saber se o grande poeta por acaso não estaria dando palestras no exterior. Era um homem ocupado, certamente. A glória nunca é rápida.

Passaram também a quarta, a quinta semana. Dois, três meses. O consagrado poeta era um esnobe. O jovem autor relia os versos do tão admirado poeta. Não havia nada de mais neles, somente um nome pomposo. Dias de desânimo para o poetinha.

Um dia, de manhã, foi ler, mais uma vez o caderno cultural. Viu uma coluna elogiando um comediante da televisão que também fazia livros de poesia. "A poesia sem pose" era o título do artigo.

Tirando o título, que não julgou adequado, achou que aqueles elogios deveriam era ter sido feitos ao seu livro! Não se impressionou com a transcrição de alguns dos versos da obra do comediante. Achou-os rasos. Via mais poesia na prosa da crítica do que nos versos em si. "Uma poesia elegante, sem usar smoking no cinema" era a frase que encerrava a procissão de elogios.

Ainda atordoado com aquela crítica elogiosa, publicada no melhor caderno cultural da cidade, para versos que julgava medíocres, resolveu comprar o livro em questão. Ficou mais convencido ainda quanto à mediocridade da obra. "Nenhum desses poemas entraria no meu livro!", pensou.

Irresignado, ele redigiu uma carta de congratulação ao seu livro não publicado. Enviou o livro e a carta para editoras com algum prestígio no mercado. Meses se passaram, nenhuma resposta. Suspirou alto: "O que há com a minha poesia?".

Refletiu um pouco. Com algum esforço, começou a rascunhar um novo livro. Desta vez, nenhum soneto, nenhum verso heroico ou alexandrino. A poesia seria livre. Começou a obra com os seguintes versos: "Os versos que jamais concebi/ São os melhores que já grafei".

Indo para o trabalho, viu uma pichação num muro: "Sou transgressão, serei poesia".

"Sou transgressão, serei poesia." A frase reverberou em sua cabeça. Durante o trabalho, enfadando-se com os processos no cartório, leu a palavra "transgressão" em duas ou três petições. Mais tarde, viu outra petição ser iniciada por dois versos que bem conhecia, de Camões. Sim, eram do soneto intitulado "Verdade, Amor, Razão, Merecimento". Os versos que encimavam o documento eram: "Coisas há que passam sem ser cridas/ E coisas cridas há sem ser passadas". Ficou meditabundo, fitando a petição.

No fim do expediente, foi para casa. Ao sair do trabalho, um rapaz cabeludo, com seus vinte e poucos anos, lhe chamou. Era magro e mais alto do que ele, e logo perguntou:

– O senhor gosta de poesia? – sua mão acompanhou a indagação, exibindo uma brochura magra, artesanal, feita pelo próprio poeta de rua.

– Apenas R$ 3,00! O senhor vai ajudar muito um jovem poeta e se deliciará com os poemas – prosseguiu.

Identificou-se muito com aquele poeta cabeludo, que ainda exibia espinhas no rosto. Comprou uma brochura. Do ponto de ônibus até a porta de casa, leu o livro inteiro. Eram versos bem-intencionados, mas nada de mais, segundo o poeta. No entanto, dois versos aparentemente o incomodaram: "É preciso vestir a alma de Quixote/ Para impetuosamente navegar na poesia".

Chegando em casa, beijou a mãe e cumprimentou o pai com um grito, para alcançá-lo num dos quartos do apartamento de trezentos metros quadrados.

Verificou sua correspondência. Uma lhe chamou a atenção.

O remetente era uma pessoa desconhecida. Abriu o envelope. Carta escrita à mão, com caligrafia segura e carinhosa. Curioso, começou a ler a missiva:

"Estimado poeta,
Permita-me chamá-lo desta maneira. Assim o faço devido à singeleza e completude desse substantivo, que me ajudam no propósito de brevidade.

Sou tia de seu amigo Virgílio. Também ouso esporadicamente alguns versos, mas meu atrevimento se encerra numa gaveta. Vê-los publicados num livro trar-me-ia a angústia do escrutínio alheio, e minha poesia é franzina demais para desafio tão robusto.

Logo, aprecio profundamente sua coragem (e, sem querer ofendê-lo, não mais o elogiarei nesta correspondência). Um livro é um repto que lançamos ao mundo. Quase sempre somos tão insignificantes que raríssimos são os que escutam nossa convocação à luta. Não importa, porém. Nesta carta, preocupo-me mais com o duelo que antecede à aprovação pública, ou seja, com o que se inicia numa inquietação e termina por se solenizar no papel.

Li seu livro 'Tertium non datur', que Virgílio delicadamente me emprestou. Soube também por Virgílio da sua angústia, não aquela que o impulsiona na busca de seus versos, mas, sim, a resultante da segunda disputa que antes lhe falei – a da repercussão da obra publicada. Sou um pouco presunçosa, de modo que lhe escrevo na esperança de ajudar a primeira angústia a vencer a segunda.

Não espere que esta carta traga algum testemunho do seu talento. Nem acredite se, num futuro próximo, alguém pretender fazê-lo. O poeta está sempre buscando o indizível, lapidando imaginosamente o que não tem corpo possível. Essa luta exige tenacidade constante, e a confiança no dom apaga o ânimo que o mantém aceso. Guarde o conselho de Horácio Quiroga, extraído do seu 'Decálogo do Perfeito Contista', com tradução de Sérgio Faraco: 'Crê que sua arte é um cume inacessível. Não sonha dominá-la. Quando puderes fazê-lo, conseguirás sem que tu mesmo o saibas'.

Sei que você é jovem, pois tem aproximadamente os trinta anos de meu sobrinho. Talvez muito em breve, isto sirva de impulso para saciar sua cobiça pela fama, ainda mais se você for belo – não o conheço pessoalmente. O destino caminha por rotas impremeditadas. Como Salomé, por vezes recebemos, numa bandeja de prata, nossas aspirações mais arrebatadoras.

A sociedade tem fetiche pela juventude. Se esta vier acompanhada de boa dose de irresponsabilidade então, melhor ainda. Reconforta-nos acreditar na existência de iluminados, místicos que nasceram compreendendo as sutilezas quase inacessíveis da vida, e que, sem esforço, refinam suas percepções raras no papel. Se você me permite a indelicadeza, não lhe desejo o infortúnio da sorte de ser apenas mais um a confirmar essa expectativa.

Com isto, não afirmo que não haja ou que não tenham havido poetas jovens, ou mesmo irresponsáveis, que deixem ou tenham deixado o timbre do verdadeiro gênio registrado em versos. Castro Alves morreu com 24 anos. Baudelaire foi um poeta boêmio, de vida desregrada. Eu poderia prosseguir exemplificando longamente, mas não o aborrecerei mais quanto a este ponto. Com estas menções, pretendo somente dizer que as nove musas da Arte têm suas imprevisibilidades e caprichos.

Para ouvi-las com agudeza, no entanto, é preciso pagar o elevado tributo da solidão. É necessário cultivar, por longos anos, a fúria da completa quietude. O surpreendente reside em tudo, mas em tudo quase nada é surpreendente. O verso nasce do ventre de uma paciente que espera. E o elogio fácil e as exigências da fama são nocivas à sua gestação.

Para prosseguir, transcrevo o que disse Rainer Maria Rilke no livro 'Cartas a um jovem poeta', na tradução de Pedro Süssekind:

'Não se deixe enganar em sua solidão só porque há algo no senhor que deseja sair dela. Justamente esse desejo o ajudará, caso o senhor o utilize com calma e ponderação, como um instrumento para estender sua solidão por um território mais vasto. As pessoas (com o auxílio de convenções) resolveram tudo da maneira mais fácil e pelo lado mais fácil da facilidade; contudo é evidente que precisamos nos aferrar ao que é difícil; tudo o que vive se aferra ao difícil, tudo na natureza cresce e se defende a seu modo e se constitui em algo próprio a partir de si, procurando existir a qualquer preço e contra toda resistência. Sabemos muito pouco, mas que temos de nos aferrar ao difícil é uma certeza que não nos abandonará. É bom ser solitário, pois a solidão é difícil; o fato de uma coisa ser difícil tem de ser mais um motivo para fazê-la.'

Lendo seus poemas publicados, tenho a audácia de dizer que há neles uma intenção de dificuldade. Seus versos, porém, em certo momento da estrada, desviam-se um pouco e, ao sair da senda do genuinamente difícil, encontram um atalho que os leva à absoluta impenetrabilidade. Por isso, alguns deles são quase comoventes. O exagero na eloquência, entretanto, ofusca a majestade da percepção sutil que os animou.

O tempo, contudo, permite perseverar na busca do inacessível. Enfim, como lhe prometi, encerro esta carta sem o consolo de um elogio. Numa derradeira impertinência, despeço-me com uma única súplica: insista na tentativa de deixar sua assinatura para a posteridade. Quem sabe, assim, seus versos um dia encarnem a ânsia de José Régio: 'Foi quando compreendi/ Que nada me dariam do infinito que pedi,/ Que ergui mais alto o meu grito/ E pedi mais infinito!'. Ou, ainda, talvez se tornem a expressão fidedigna dos seguintes versos de Augusto de Guimarães Filho: 'De repente direi tudo/ Mas com tanta veemência/ e com tamanha aspereza/ de expressão e sofrimento/ que terás minha demência/ no coágulo sangrento/ desabado sobre a mesa'.

Com os meus melhores votos,

Beatriz C. Meirelles"

Após ler a carta, uma lágrima acariciou o rosto do poeta. Ele *baudelaireamente* se embriagou com ela, e então a guardou numa gaveta.

Semanas depois, em casa, com o lirismo em plena ebulição, olhou para a biblioteca a seu lado. Interrompeu um *enjambement*. Reparou num livro de Direito Constitucional bastante desatualizado. Resolveu folheá-lo. Havia versos no seu capítulo inicial. Leu-o por algumas horas, começando pela parte do controle concentrado de constitucionalidade. Parou e foi dormir.

Prosseguiu na leitura pelos dias seguintes. Leu o livro todo, relembrando conceitos que já estavam um pouco nebulosos. Engatou, na sequência, outro livro, de Direito Tributário. Depois, um de Processo Civil. E outro. E mais outro, desta vez comprado recentemente. Agora lia fazendo resumos e, mais ainda, deixando comentários nas páginas do livro – velho hábito herdado de sua mãe, mas que tinha abandonado devido à sensaboria dos resumos feitos para o concurso em que fora aprovado.

Quando se deu conta, estava num cursinho noturno. Perdera o pudor de novos concursos.

Um dia estranho

Frederico abre os olhos. A saúde do sol na janela do quarto traz consigo a lucidez própria a uma selva escura. Está em local desconhecido, porém estranhamente familiar: as paredes laterais e os três quadros nelas pendurados; um aparelho estranho diante da cama; sua estante repleta de livros; uma pequena mesa com uma cadeira ao lado; o vento vindo do teto; algumas fotografias irreconhecíveis (talvez pela distância); a janela e até mesmo a porta do quarto. Cada detalhe do que percebia parece respirar a intenção de lhe contar algo. Ele não compreende esse mistério e também não se dá conta da própria incompreensão. De olhos abertos, mantém-se imóvel por pouco tempo, buscando resgatar em sua memória o capítulo anterior que o levara até tal circunstância.

Ou talvez não o tentasse. Esforça-se para recordar o dia da semana, e não consegue. Acredita que seja uma sexta e que em breve seus pais o levarão para o colégio. Sim, os pais certamente logo o procurariam, e ele deveria se aprontar para recebê-los. A despeito disso apenas sentou-se na cama e permaneceu parado.

A sua solidão é interrompida por uma saudação vinda da porta:
– Bom dia, Dr. Frederico.

Frederico olha para o homem. Era moreno, vestia-se de branco e falava como se o conhecesse. Talvez o estivesse confundindo com outro. No entanto, chamava corretamente o seu nome, fato que pareceu intrigá-lo por alguns segundos.

– O senhor acordou tarde hoje, Dr. Frederico. Dormiu bem?

Um mutismo involuntário foi a resposta de Frederico, visto que a perplexidade lhe era inacessível.

– O senhor prefere tomar o seu café no quarto? – prossegue o homem de branco.

– Sim – responde Frederico, expressando uma vontade que estava ao seu alcance.

O homem de branco fita o olhar ausente de Frederico por alguns segundos. O que ele imaginava, não se sabe. Depois, o homem de branco liga o aparelho estranho posicionado à frente do paciente, apertando o botão de outro aparelho menor, e se retira.

Frederico começa a vasculhar com os olhos o quarto em que está. É um cômodo amplo, confortável. Ele está sozinho, não sabe há quanto tempo. Numa cômoda em frente à sua cama, há fotos. Ele se levanta para vê-las. Um menino e uma menina aparecem nelas. Sorriem uma felicidade que, de alguma forma, o apazigua. Noutra foto, está uma mulher, com aproximadamente quarenta anos. Quem seriam eles? Por algum motivo que ignora, aquelas fotos de estranhos lhe trazem conforto. Embaixo dos retratos, que estão numa estante de livros rente à parede do quarto, há um vão onde está instalado um aparelho estranho, repleto de imagens. O aparelho está ligado.

Frederico começa a olhar as imagens desse aparelho. Ouve algo como "Boletim de Notícias". Observa uma mulher bonita falando com boa dicção, e o aparelho muda de imagens a todo instante. Alguma confusão aparentemente acontece num tal de Oriente Médio. Pessoas gritam algo num idioma incompreensível, e uma voz masculina de bom timbre – que se sobressaiu após o abafar dos gritos – tentou, sem sucesso, explicar o que estava acontecendo.

As letrinhas na parte inferior do aparelho são mais atraentes do que as demais imagens. Frederico as lê, porém, em conjunto, elas nada significavam. Após algum tempo, alguém entra no seu quarto novamente, trazendo-lhe comida.

– Aqui está, Dr. Frederico. Coma bem!
– Obrigado.

Na bandeja que foi posta em cima da pequena mesa do quarto, um copo de leite, duas fatias de torrada com queijo do lado e uma maçã. Frederico observa os alimentos atentamente. Dá um gole no copo de leite fresco. Depois, ele come vagarosamente as torradas, colocando em cima de cada uma delas as duas fatias de queijo que ali se encontram. Ao final de tudo, resta-lhe a maçã. Não está descascada, mas a sua textura indica que ela foi molhada recentemente. Frederico a mastiga com indecisão.

Ao final da refeição, Frederico olha novamente para o aparelho estranho. Alguém recolhe a bandeja com os restos de comida. Há alguma coisa passando no aparelho. Por um tempo, ele continua tentando decifrar os dizeres desencontrados que ouve.

Após algum tempo – talvez alguns minutos, talvez mais do que uma hora –, Frederico resolve passear pelo local onde está. Um homem vestido de branco aparece na porta do quarto, com alguns comprimidos e um copo d'água.

– Dr. Frederico, tome. Aqui está a água – ele então oferece, numa mão, as pílulas; na outra, o copo com água.

Frederico hesita. Não está doente. No entanto, por alguma razão, ele percebe que precisa tomá-las. Uma a uma, com goles de água, ele engole as pílulas. Os medicamentos não produzem nenhum efeito visível.

Enfim, ele está de pé por algum motivo. Resolve, naquele momento, atravessar a porta e passear pelo local em que se encontra. O que ele fazia ali mesmo? Não sabe bem onde está, mas, ao sentir necessidade, sem entender como, sabe onde fica o banheiro. Vai até lá. O banheiro tem uma estranha disposição, e nele está um silencioso senhor de idade. Frederico não fala com o senhor, apenas urina. Volta para se lavar. Ao retornar para perto da porta do banheiro, o senhor de idade reaparece. Resolve observá-lo, enquanto lava as mãos. Quem seria ele? O que fazia ali, no banheiro? O silêncio de um refletia a mudez do outro. Aquele senhor causa pena. É bastante magro, tem os olhos fundos, distantes; rugas pronunciadas no rosto, cabelos brancos, aparência debilitada, músculos atrofiados pelo tempo. Sua face mostra uma expressão nula. Ele está irremediavelmente quieto. O que justificaria sua inusitada presença naquele local? Como Frederico, aquele senhor parece infenso às agitações do mundo. A sua face carrega o marasmo da senilidade de alguém que apenas sobrevive. Frederico ainda olha por alguns segundos para o senhor, mas não está em condições suficientes para divagar.

Ele sai do banheiro. Teria que ir ao exército hoje? Acha que sim. Por que ele não está no quartel? Neste momento, alguém lhe cumprimenta.

– Bom dia, dr. Frederico!

É uma negra alta, que lhe diz ainda outras palavras simpáticas, como se o conhecesse de algum lugar. Passa com uma vassoura nas mãos. Intrigado, ele não se lembra dela, mas sabe que a conhece. Resolve ir para a sala.

Frederico tem memória da planta do apartamento. Já esteve ali antes, mas não se lembra de quando. Sabe chegar aonde quer. Na sala, olha para cima de um dos seus sofás, avistando papéis que lhe lembram jornais espalhados. Ele começa a lê-los.

As letras dos papéis estão estranhamente menores do que o habitual. Com alguma dificuldade, consegue ler. Uma campainha toca, num aparelho pequeno da sala. Seria seu pai, querendo falar com ele por meio daquele estranho equipamento? Uma senhora com uma vassoura vai atendê-lo.

Frederico volta aos papéis. Não entende bem o que se relata ali, embora lesse o que está escrito com relativa facilidade. As fotos lhe chamam mais a atenção. Na página da frente, a foto de um gol. A bola estufando a rede. O goleiro, caído no chão, tem a face voltada para trás, e vagamente se podia discernir suas feições. Seu rosto não é familiar. Há outros jogadores, e um deles levanta o braço, correndo em direção à arquibancada, com a cabeça ainda ligeiramente voltada para trás, como se estivesse anteriormente mirando as redes infladas pela bola. Por um tempo, olha aquela cena. Dorme no sofá.

Um homem de branco o acorda. Leva-o para a cozinha. O homem o guia pelo braço desnecessariamente, pois Frederico sabe ir sozinho.

Logo depois, por algum motivo, está em frente a um aparelho estranho que reproduz sons e imagens. Está sentado numa poltrona confortável, que reclina. São interessantes as letrinhas embaixo da tela do aparelho. Aparentemente, dizem coisas importantes. Ele fica observando as letrinhas, as imagens que passam na tela. Olha em volta. Sente um alívio do calor. Surpreende-se ao ver outro aparelho, de onde sai vento, no teto da sala. Quem o pôs ali?

Tem fome. Levanta-se e caminha em direção à cozinha. Percorre todo o trajeto sem percebê-lo. Ao chegar a seu destino, encontra duas pessoas, uma senhora alta e um homem. Desconfiado, não sabe o que lhes dizer. É recebido de forma amistosa:

– Boa tarde, dr. Frederico. Quer alguma coisa, um suco, um copo de água?

– Quero almoçar – arrisca-se Frederico a responder. Não sabe o porquê, mas aquelas pessoas parecem dispostas a alimentá-lo.

– O senhor já almoçou hoje, não se lembra? – pergunta o homem.

Não se lembra. Havia almoçado? O quê? Sente fome. Por que aquele moço afirma, com tanta certeza, que ele já comeu? Não, com certeza, não. Ele não tinha almoçado. Neste instante, a senhora negra diz:

– Sobrou comida, a gente pode dar um pouco mais.

Frederico se senta na mesa da cozinha. Dá algumas garfadas, poucas. Não sente mais fome. Deixa boa parte da comida no prato e vai andar.

Após algum tempo de caminhada, ouve tocar uma campainha. Será seu pai? Sua mãe? Não, é uma senhora simpática. Não é jovem, mas não tem os cabelos brancos. Conhece-a de nome, inclusive, mas não se lembra de qual intimidade os une. A senhora o cumprimenta:

– Boa tarde, Frederico! Tudo bem? – e lhe dá um beijo na testa. – Como está seu dia? – ela pergunta.

– Bem – Frederico responde, seco, com a polidez que lhe era ainda possível.

A senhora recém-chegada ainda lhe diz algumas coisas, mas ele não as compreende direito. Resolve ir para o quarto. Quer descansar um pouco.

Na sua mente, formigam confusões. A realidade tornara-se uma massa confusa e indiscernível, em que os acontecimentos recentes pareciam caminhar para dentro de uma névoa sutil e indevassável, sem nunca retornar. Tudo havia começado com a desagregação do tempo numa atmosfera cada vez mais rarefeita, até que a sua continuidade se dissipou completamente. No seu organismo, silenciosamente consumia-o, dia após dia, o nervo de uma brusca transição. Ele tornara-se um homem de ambições sepultadas, que não reivindicava nada mais da vida além do pedido inconsciente de permanecer existindo. Sua fala refinada dera lugar a um vocabulário seco, monossilábico na maior parte do tempo. Sua vasta cultura agora se reduzia a ruínas amorfas, que sequer rascunhavam os edifícios portentosos que sua inteligência um dia elaborou diante das mais sutis percepções. Suas maneiras educadas foram substituídas por reações imprevisíveis. No início, era a agressividade que aflorava com mais frequência, o que tinha sido muito chocante, devido à sua habitual cordialidade. No entanto, os remédios, o seu estado geral e a debilidade física amansaram-no, e paulatinamente a ferocidade passou a ser uma etapa superada, como as ondas, que despejam fúria na beira da praia, deixando apenas a espuma com sua energia exaurida e retornando ao mar, após seu breve momento de desabafo. A partir de algum dia impreciso, tudo o que lhe acontecia em volta não consistia mais na experiência de viver como normalmente se concebe. Da mesma forma que unhas e cabelos continuavam a crescer num defunto, os episódios cotidianos ainda se acumulavam, mas não eram mais carimbados em lembranças claras e discerníveis. A existência tornara-se um livro descontinuado, com as páginas iniciais fora de ordem, e as outras, mais recentes, todas em branco, ou quase totalmente apagadas. Tudo é novidade para alguém que se torna insensível às novidades. Presente, passado e futuro, antes conceitos claros e definidos, tornam-se abstrações impenetráveis.

    Frederico chega ao quarto e deita-se. Um aparelho estranho exibe pessoas falando e imagens coloridas, às vezes com letrinhas embaixo. Elas lhe dão sono, e ele cochila.

    Enquanto Frederico dirigia-se ao quarto, a senhora recém-chegada, que se chama Lívia, foi à cozinha. Lá estavam o enfermeiro Otávio e a cozinheira Bete. Os três conversam:

– Tudo bem, dona Lívia? – pergunta a cozinheira. Ela trabalha para o casal desde a época em que os seus dois filhos estavam na escola.

– Não é fácil esta situação – responde Lívia. Uma lágrima ameaça descer na sua face.

O enfermeiro Otávio se aproxima um pouco e diz:

– Essa doença é muito difícil. Cada dia que passa, um pouco do que ele era se vai.

– Deus está olhando, dona Lívia. O que não tem solução aqui, tem solução no céu – diz Bete, em complemento.

Lívia olha para os dois que a acompanham. Pergunta ao enfermeiro:

– Ele tomou os remédios hoje sem problemas?

– Sim, tomou todos. Se comportou bem. Hoje não quis sair. Também não ficou andando pelado pela casa.

– Ótimo – responde Lívia, aliviando um pouco seu desânimo.

– Meus filhos ligaram hoje? – continua Lívia.

– Apenas a Taís. Chamei o dr. Frederico, mas ele ignorou – responde Bete.

Lívia fica quieta por um momento. Lembrou-se do passado recente, logo após o diagnóstico da doença:

– Lembram quando ele desceu e despediu o porteiro que não o deixou sair? Pensava que ainda era o síndico.

– Lembro sim, dona Lívia. O seu Pedro ficou assustado. Coitado.

Riam da pequena desgraça do porteiro. Depois, silêncio. Os três se entreolham.

– Sempre foi tão educado. Tão generoso. Nunca teria coragem de despedir alguém – diz Lívia, levantando-se da mesa para ir ao quarto.

A sorte

César chegou em casa. Era sábado, e ele disse que tinha saído para tomar um chope com os amigos. Estava atrasado, considerando o horário que prometera voltar. Atrasos não eram comuns. A circunstância, porém, não chegou a ameaçar a confiança que Patrícia tinha na fidelidade do marido. Era um casamento recente. A paixão do casal ainda fumegava. Moravam num apartamento alugado no Catete, perto do Centro do Rio de Janeiro. Trabalhavam muito. Tinham muitos sonhos.

O sonho da lua de mel tivera que ser adiado. A ansiada viagem a Paris teria que esperar momentos financeiramente melhores. Naqueles dias, as dívidas do casal eram indecorosas e rosnavam, de forma a atrasar a vinda da prole daquela união – outro grande sonho de César e Patrícia. Contentaram-se, na lua de mel, com uma viagem para a aprazível cidade de Itaipava, no estado do Rio de Janeiro. No mais, tinham o apartamento alugado, o carro financiado, quatro empregos – três dela, médica iniciando uma promissora carreira, e um dele – e uma furiosa e recíproca paixão.

Deve-se salientar que aquele era um dia especial. César queria brindar sua amada com uma surpresa. Queria fazer suspense, mas era tão exuberante a novidade que o desejo de revelá-la devorava a criatividade necessária para manter a incógnita debaixo de brumas. Ainda assim, César principiou o seu esforço para desnudar sedutoramente o seu segredo:

– Boa noite, meu amor! – disse ele.

– Boa noite, meu lindo! – cumprimentou Patrícia. – Você demorou hoje, hein?! – respondeu ela, simulando um ciúme para apimentar ainda mais a abrasada intimidade, que se mantinha assanhada durante quase todos os momentos em que estavam a sós.

– Sabe como é que é, meu amor... – iniciou César, piscando os olhos. – O seu marido é um homem influente, bem-relacionado...

– Sei, sei. Já ouvi essa conversa. Você bebeu com seu chefe, e ele lhe prometeu um aumento por acaso?

– Por enquanto não, minha fofinha. Há façanhas maiores do que um simples aumento de salário.

– Você arrumou um emprego melhor?

– Minha princesa, há oportunidades que o mundo oferece todos os dias, como cachos de uvas numa árvore alta. Estas a gente consegue alcançar quando menos espera. Entretanto, há oportunidades que são apenas oferecidas uma única vez em toda uma vida. Uma vez perdidas, elas se vão para todo o sempre.

– Você ganhou na loteria? – arriscou Patrícia, fazendo pilhéria, duvidando da sobriedade do amado.

– Minha linda, ganhar na loteria é sorte. Qualquer um pode fazê-lo, independentemente de seus relacionamentos e de sua astúcia. No entanto, há fortunas que o dinheiro proporciona e que nunca se apagam da memória de um casal.

– Não acredito! – disse Patrícia, pressupondo ter adivinhado o mistério. – Vamos para Paris!! – mal terminou de dizer tais palavras, abraçou e beijou longamente o seu amado, após uma rápida mirada de seus olhinhos cobiçosos para o envelope nas mãos de

César. Ela nem se deu conta da ginástica que teria que fazer nos três empregos para abrir uma brecha de tempo para Paris.

No entanto, não. Não, definitivamente a charada ainda não fora desvendada. Mesmo assim, merecia o longo beijo de Patrícia, pensava César, sem oferecer resistência ao carinho da mulher. Por alguns momentos, ele mesmo quase esqueceu que tinha algo grandioso para contar a ela. Então prosseguiu:

– Fofinha, Paris é logo ali, distante apenas algumas horas de avião. É a capital da França, e não sairá de onde está, enquanto espera ansiosamente a nossa ilustre visita. Só que não é isto o que tenho a lhe dizer agora.

– Não?! – questionou ela, bastante intrigada e percebendo, pelo bafo do marido, que ele não tinha bebido. – O que é que você tem a me dizer de tão importante, meu fofo?!

– Adivinha? – respondeu César, ansioso para encerrar o suspense.

Patrícia olhou profundamente nos olhos de seu marido. A interrogação lançada no ar foi respondida pela vontade reprimida de respondê-la. Dentro da carnadura do silêncio, a surpresa inesperada logo se tornou um mistério resolvido. Um apetitoso beijo tornou desnecessário verbalizar a solução do enigma.

– Como você conseguiu isto, seu louco?!

– Eu lhe disse, meu amor. Seu marido é um homem muito bem relacionado! Você pediu ontem à noite, e hoje de noite seu desejo já foi atendido. Sem nenhuma lâmpada de Aladim por perto.

– Eu estava brincando... – disse Patrícia, simultaneamente constrangida e feliz pelo fato de seu delírio inconsequente ter sido considerado tão seriamente.

– Patrícia, o seu marido não brinca! Ele consegue! – César deu uma bitoca na boca da esposa.

– Mas custou muito caro?!

– Mais ou menos...

– Quanto?!?!

– Deixa para lá...

– Quanto?! Estou muito curiosa, quero saber!!

– Oito mil reais para nós dois.

– O quê?!?! Que absurdo!! Que banco você roubou para pagar isso tudo?!?

– Nenhum.

– E o que você fez?!

– Meu sogro querido me emprestou cinco mil. E sabemos que ele é muito generoso com prazos de pagamento – disse César, piscando o olho novamente. – O restante consegui com meu irmão. Aquele pão-duro relutou um pouco, mas, quando soube do motivo do empréstimo, não pestanejou! Deu-me o dinheiro morrendo de inveja! – complementou, gargalhando.

– Você é maluco, meu amor! Maluco! Como vamos pagar isso?!

César não precisou se justificar longamente. A irresponsabilidade é a mais sincera prova de amor que existe. Lá veio outro beijo deselegantemente apaixonado.

– Vamos segunda de manhã, de carro. Já liguei para o meu chefe, e ele me liberou do trabalho até quarta de tarde. Ficaremos na casa do meu tio, que mora sozinho num apartamento de dois quartos. Você consegue uma desculpa para faltar aos hospitais?

– Claro, claro. Segunda de manhã estarei voltando do plantão de domingo, mas não importa. Durmo no carro. Terça e quarta de manhã eu dou um jeito de alguém me substituir. Eu ainda não acredito! – urrou Patrícia.

– Eu sabia que você iria amar, minha fofinha.

A euforia de Patrícia foi interrompida por uma tardia hesitação.

– Mas estamos bem desfalcados. Nosso maior craque e o nosso capitão não jogarão. Será que a gente consegue?

– Claro, sua boba! E por acaso esses dois jogaram em 70, em 2002 e nas outras vezes em que ganhamos?! – respondeu César convictamente, retirando os dois troféus do envelope, exibindo-os, enfim, para a sua esposa.

Foram para a cama comemorar. Terça-feira, dia 8 de julho de 2014, iriam assistir, pela primeira vez, presencialmente num estádio de futebol, a um jogo de Copa do Mundo. Seria no Mineirão, e o Brasil jogaria a semifinal.

O encontro

Atordoava-a o pressentimento da solteirice. Não que pretendesse casar logo, era nova ainda. Em curto tempo, entretanto, sentia que nenhum homem a empolgaria o bastante para assumir tal compromisso. Entrara há poucos anos na casa dos vinte, porém uma teimosa carência a incomodava havia longos seis meses – isto é, desde quando, decidida e impiedosa, terminara com o último namorado. A partir do rompimento deste namoro, encontrava-se cercada pelos muros de sua liberdade romântica, entre flertes, ficadas na noite carioca e pequenos casos sem maiores desdobramentos.

  Ele (o ex) a mimoseava demais. Talvez por ser muito inseguro – e inclementemente ciumento. Ela não dava motivos para ciúmes, porém nem precisava dá-los. A verdade é que a moça era terrivelmente bela. Um pouco indígena, um pouco branca, um pouco negra. Herdara de cada ancestralidade o que em cada uma há de mais sedutor. A miscigenação resumira, em pouco mais de um metro e setenta, as suaves graciosidades de uma ninfa dos trópicos. Nada no seu rosto ou no seu corpo poderia ser acrescentado ou diminuído sem macular a perfeita arquitetura do conjunto. Até suas supostas imperfeições pareciam ter sido fruto do laborioso esforço de um artista superior, que estudara profundamente para desbravar uma estirpe extraordinária de beleza, inaugurando um novo patamar de sublimidade estética.

Tinha os olhos miúdos dos indígenas, verdes como os de Diadorim, misteriosos como os de uma gueixa. Seus cabelos longos e lisos faziam parte do repertório do seu charme, às vezes escondendo, para depois lentamente revelar, no momento mais precioso, suas feições suavemente arrebatadoras. O nariz era delicado, pequeno e meigamente petulante, insinuando atrevimento e recato. Tinha os lábios carnudos e bem esculpidos. A tez morena-café adornava sua pele, macia como de criança. O corpo era impecavelmente delineado, convidando diariamente olhares pecaminosos. Não era magra tal como as modelos de passarela, mas muito menos se podia afirmar que era gorda. Não era possível acusar debilidade nem exagero nos seus músculos, firmemente graciosos.

Filha de Oxóssi com Iansã, sua imponência não passava despercebida em nenhum recanto do mundo. Fosse nas praias de Ipanema, passando no meio da pressa paulistana, nas esquinas de Nova York, nos bulevares de Paris, debaixo da neblina de Londres ou até mesmo sob o sol do Cairo, em qualquer lugar em que ela pisasse, uma onda avassaladora se formava. Em todos eles, sempre magnetizava incontáveis flertes masculinos e femininos. Enfim, nenhum vetor de sua aparência física poderia cartesianamente justificar a sua solidão.

Naquele dia de pico de verão, porém, ela estava inapelavelmente só, sentada debaixo da sombra, num quiosque lotado na praia de Copacabana. Na sua mesa, apenas dois cocos a acompanhavam, um ainda com água pela metade. Recusara meia dúzia de pretendentes, que, segundo sua intuição aguçada, apenas sacrificariam momentaneamente sua solidão, sem oferecer a gentileza de uma genuína companhia.

Olhando distraída para a paisagem em volta, seus olhos claros de repente passaram a insistir em retornar para um mesmo ponto, um pouco além do quiosque. No local, estava um rapaz alto, com o dorso robusto desafiando o sol, expondo seu abdômen de atleta. Tinha a pele bronzeada, cabelos ligeiramente compridos e pernas parcialmente escondidas pela bermuda de surfista. Calçava despojadamente chinelos de dedo.

Após algumas idas e vindas de seus olhos para o mesmo ponto, começou a reparar que o olhar do rapaz também ia e vinha na sua direção. Em certo momento, ambos não tinham mais como disfarçar que se admiravam a distância. Os olhos dela se ancoraram nos olhos dele e vice-versa. Ela sorriu, levemente constrangida, o que obrigou o rapaz a delicadamente se aproximar, apresentando-se:

– Oi, meu nome é Pedro. Tudo bem?
– Tudo. Meu nome é Letícia.
– Desculpe lhe incomodar. Estou aqui esperando uma pessoa. Você se importaria se eu lhe fizesse companhia enquanto isso?

A abordagem encerrou o constrangedor dueto de olhares. A precisão cirúrgica da interpelação a impressionou. A voz do rapaz era firme, o que em nada lembrava a insegurança dos ciúmes do ex-namorado.

Ela fez um sinal de positivo com a cabeça, dizendo:
– Sente-se, por favor.
– Você é do Rio mesmo?
– Sim, carioca da gema. Mas minha mãe é baiana.
– Que ótimo! Adoro a Bahia! Minha sócia é de lá, mas veio para o Rio quando era criança.
– Você tem uma empresa?
– Sim, que desenvolve softwares. E você?
– Estudo Psicologia.

O rapaz, além de vistoso, era desembaraçado. Seus olhos eram seguros e pareciam vibrar com a figura de Letícia. De perto, ela pôde observar melhor os músculos bem distribuídos dele – única coisa que a distraía em alguns trechos da conversa. Alguns minutos se passaram e, de tudo o que ele dizia, nada era reprovado pelo despótico senso crítico dela. Pelo contrário, ali estava alguém que correspondia a expectativas que ela nem sabia que tinha.

Letícia sentia-se perigosamente confortável perto daquele rapaz, que talvez ainda não tivesse completado trinta anos. O papo fluía com a serenidade de um rio manso seguindo seu curso natural. As pupilas dos olhos verdes de Letícia dilatavam-se sempre que ela o mirava. Na verdade, mesmo sem olhá-lo – o que cada vez mais se tornava mais difícil –, a voz e o cheiro daquele homem já aceleravam os batimentos cardíacos dela. Às vezes, ela mordiscava os próprios lábios; noutras, os acariciava com a língua.

Em certo momento, Letícia instintivamente notou que a mão esquerda do jovem estava em cima da mesa. Sem que ela mesma percebesse, a sua mão direita também pousou sobre a mesa, palma para cima, deslizando, suavemente e aos poucos, para perto da mão dele, convidando-a sutilmente para um toque.

Debaixo da mesa, as pernas de Letícia estavam cruzadas, joelho apontando para ele. Os seus pezinhos, inquietos, estavam loucos para ousar um chamego no jovem. Tudo no corpo dela fluía num balé coreografado inconscientemente pelas sinapses da cupidez, tendo como música de fundo a voz daquele rapaz que ela acabara de conhecer. Seu rosto inclinava-se na direção dele. Era como se a boca dela fosse o sol à espera do poente naqueles lábios, que seus olhos verdes não paravam de apreciar. Ela planava numa camada intermediária entre a realidade e o sonho, o deslumbramento e a verdade, a ansiedade e a sensação de iminente plenitude.

Subitamente, uma terceira voz invadiu a intimidade dos dois:
– Pedro, quem é sua amiga?

E um rapaz louro, também sem camisa, com tatuagem no abdômen, pôs o braço no ombro de Pedro, olhando com discreta e contida raiva para Letícia.

– Robert, esta é a Letícia. Ela me deu o prazer de sua companhia, enquanto você se atrasava mais uma vez – disse Pedro, reprovando-o.

– Tive um imprevisto. Liguei várias vezes para o seu celular, e você não atendeu.

– Esqueci-o em casa.

Letícia sentiu um grande embaraço e não conseguiu escondê-lo. Esticou a mão para cumprimentar o recém-chegado e o convidou para se sentar também. Ele recusou de maneira direta, fingindo educação:

– Pedro, temos que ir – foi o que ele disse.

Pedro obedeceu a ordem, sem antes lançar um olhar de desaprovação pela descortesia com a dama presente. Em seguida, pegou na mão de Letícia, a beijou e se despediu brevemente. Mal pôde ouvir o "tchau" que ela lhe respondeu.

Letícia desviou os olhos para o outro lado. No entanto, se virou mais uma vez para acompanhar os dois rapazes indo embora. Não pôde deixar de reparar na mão de Pedro se aproximando da mão do intruso.

Os vilões

Mayra vestiu a calça. Continuava bastante apertada. Há dois meses, após ter que comprar roupas novas para o casamento de uma sobrinha, havia prometido que iria emagrecer sete quilos até o final de agosto. Era fim de julho. Pelos prognósticos da promessa, a calça já deveria aderir confortavelmente à sua silhueta. Mas as carnes, que em outras roupas mais adequadas ainda inflamavam a luxúria dos homens, naquela peça ficavam deselegantes. O desconforto era evidente – ela tivera que deitar na cama e prender a respiração para fechar, com muita dificuldade, o botão. Tinha resolvido trocá-la, quando ouviu o desnecessário comentário de Álvaro:

– Quando você vai começar a dieta?

A indagação parecia apenas inoportuna. No entanto, não era. Apoiava-se numa sinceridade ferina. Tinha o baixo propósito de celebrar o fracasso recorrente.

– Em breve. Até o fim do ano estarei magra novamente, linda como nos meus vinte anos. Aliás, você deveria repensar sobre seu cabelo. Essa cor avermelhada não lhe cai bem. Talvez fosse o caso de você aceitar a idade, homens grisalhos são até atraentes...

– Você finge que não repara, mas sabe que não estou mais pintando o cabelo. Apenas mudei o corte. E, para os meus cinquenta anos, não faço má figura. Caberia nas roupas dos meus trinta anos, se ainda as tivesse. A propósito, muita gente se surpreende e jura para mim que acreditava que eu fosse casado com uma mulher mais velha...

Mayra riu, forçando a duração e a estridência do riso. Depois disse:

– É cada uma que eu escuto...

– É verdade, Mayra! E a verdade dói, eu sei...

– É mesmo, é?! E quem são esses cegos? Por acaso são seus companheiros de bar, que lhe bajulam para que você pague a conta, mas que assobiam quando passo sozinha?!?!

Desta vez, foi Álvaro que forçou o riso, arrematando logo em seguida:

– Não sabia que você também tinha alucinações auditivas! Mas não, não foi ninguém do bar. Algumas pessoas me disseram que pareço mais novo que você. O nosso novo office boy, a nossa gerente do banco, um monte de gente... Até mesmo a nossa vizinha de porta.

– Quem? Aquela encalhada? Essa atira para todo lado. Pelo que disse a mulher do síndico, metade do prédio já frequentou a cama dela. Sem contar os garotões que essa vulgar traz para casa. Ela não tem pudor de trazer esse tipo de gente para um prédio familiar?! Há motéis para essas sem-vergonhices...

– Você e suas amigas fofoqueiras. Não podem ver uma mulher distinta que já ficam inventando defeitos. Ela é uma senhora de respeito, tem um bom emprego. Parece que, no fim dos anos noventa, foi noiva de um rapaz que morreu num acidente de moto. Não se recuperou do trauma, e por isso continuou solteira.

– Que intimidade, hein?! Logo com ela, que mal dá bom-dia para as mulheres do edifício...

– Quem me contou essa história foi o seu Zé, o porteiro noturno.

– Ah, sim, claro! Seu grande amigo e confidente de bar. Vem cá, ele obteve essa confidência na alcova também?

– Não disse! A maledicência empolga-se com qualquer absurdo que escandalize! Nessa panelinha do prédio que você faz parte só tem fofoqueiras, valha-me Deus!

Álvaro queria dizer "víboras" em vez de "fofoqueiras", mas moderou o vocabulário. Gostava de atiçar o fogo perto da pólvora, porém recuava quando sentia que poderia provocar, de fato, um incêndio definitivo. Temia pôr em risco o próprio conforto financeiro. Gostava de morar em Copacabana e sempre se lembrava de que a megera infelizmente era dona de metade do apartamento, além de ter cinquenta por cento das cotas do escritório de contabilidade que sustentava o casal.

Permanecerem no mesmo quarto. Ele sentado na cama, e ela de calcinha e sutiã, procurando outra roupa no armário. Ele ligou a televisão e logo sintonizou no canal esportivo. Aquele corpo feminino quase desnudo a sua frente não mais o excitava. Por sua vez, para Mayra, aquele homem sem fibra, refastelado na cama vendo um desimportante jogo de futebol, era um afeto apodrecido pelo mofo. Enfim, não havia para esse casal qualquer esperança de ternura, sedução ou surpresa. Aquele relacionamento nada mais era do que apenas uma memória de um tempo febril e delirante.

Estavam juntos há vinte e dois anos. Conheceram-se num banco em que trabalhavam. Ele era gerente quando ela foi contratada. Mayra foi instigando a curiosidade de Álvaro, não tanto pela beleza, mas pelo sorriso gracioso que nascia nos lábios dela ao vê-lo. Álvaro tinha sido abandonado pela noiva, com o casamento já marcado na Igreja, e estava amargurado com as mulheres. Mayra, que no início desconhecia tal fato, começou o flerte. Quando queria seduzir um homem, não aceitava nada além do sucesso. Álvaro não foi uma exceção. Começaram a namorar secretamente. O banco tinha regras internas que proibiam o envolvimento afetivo entre funcionários.

Dedurados por alguém, foram chamados para esclarecer o caso. Confirmaram o namoro. O banco lhes deu as seguintes opções: ou o fim do relacionamento, ou um deles seria despedido. Recusaram-se a acabar o relacionamento, bem como a fingir um término para manter as aparências. Mayra foi despedida. Depois, Álvaro também pediu as contas. Viviam uma paixão intensa, de forma que ofender um era o mesmo que ultrajar o outro. Unidos, jamais se curvariam diante de qualquer desaforo ou despotismo.

Foram atrás de novos empregos. Ele foi logo para outro banco. Tinha bom currículo. Ela demorou um pouco mais para encontrar trabalho. Depois de um tempo, aflita, não pestanejou em usar de seu charme para ser contratada por um contador idoso, cujo escritório já havia vivido melhores fases.

Assim, enquanto Álvaro era apenas mais um na moenda da rotina do banco, Mayra ganhou vibrante destaque no escritório de contabilidade. Sua aura jovial e empolgada – vitaminada em grande parte pela paixão correspondida por Álvaro – seduziu antigos e novos clientes. Mesmo com o seu fundador cada vez mais debilitado pela idade, o escritório prosperava novamente com o vigor da cativante contadora.

Dois anos e alguns meses se passaram, e o velho dono do escritório faleceu. Mayra farejou uma oportunidade. Jamais trairia seu benfeitor, que lhe dera emprego num momento em que tanto precisava. Mas ele morrera. Mayra, então, que desfrutava de grande prestígio com os clientes da empresa, apostou que poderia abocanhar considerável fatia da clientela. Entretanto, não queria fazer isso sozinha.

Álvaro também era formado em Ciências Contábeis. Eram noivos, mas Mayra queria mais. Ele tinha uma natureza mais acomodada às hierarquias do banco, enquanto ela encantava-se consigo mesma, em especial com sua sagacidade de fascinar clientes importantes, sem se enroscar amorosamente com eles (era fiel a Álvaro). De tanto matutar, ela concebeu uma convicção insuperável: abrir um escritório de contabilidade, com Álvaro como seu sócio.

De início, Álvaro relutou. Contudo, ao ver que Mayra tinha conquistado, em pouco tempo, alguma clientela, foi enfim aliciado. Uniram-se no escritório e em matrimônio. Mayra funcionava mais como relações públicas. Seu carisma era a isca que não apenas mantinha os clientes, mas também, de vez em quando, fisgava novos. Álvaro, que se dava melhor com os números, era quem mais trabalhava com os livros contábeis.

– Poderíamos adotar um garoto. Iria animar esta casa – disse Álvaro, que, sem esperança de persuadir Mayra, queria apenas ser inconveniente ao lembrar de uma discussão sepultada.

– Você é chato, hein?!? Esse assunto já foi encerrado. Não! Ponto final!

– Por que você insiste tanto na minha infelicidade? Você sabe como é importante para mim ter um filho!

– Deixe de ser cínico!! Você sabe que eu, muito mais do que você, queria ter tido um filho. Já que você não me pôde dá-lo, aceitei o destino. Não tenho condições de adotar ninguém. Não gosto de crianças dos outros. Não sendo do meu sangue, não é meu filho. Deixe os coitados dos órfãos serem adotados por casais que realmente os queiram!

– Você sempre joga na cara a minha esterilidade! Isto é cretinice!

– Você que começou esse assunto morto do nada! Você sabe muito bem que poderíamos ter recorrido a um banco de sêmen. Ninguém ficaria sabendo...

– Você sabe quanto me machucaria pegar no colo um menino nascido do seu ventre que não fosse meu filho! Não seria sangue do meu sangue também! Você é egoísta!

– Eu?! Egoísta?! Você não se importaria em ser pai de um adotado, por que se incomodaria tanto em ser pai de um filho meu? Ele não seria um filho adulterino. Seria o filho possível a um homem estéril com uma mulher fértil e fiel!!

– Você sabe que é diferente. Quando você me fez largar o banco, me disse que estaríamos juntos em cada decisão que precisássemos tomar. Se eu não posso ter filhos, você também não pode tê-los com o esperma de outro homem!

– Então não podemos adotar ninguém! É a mesma coisa!

– Não é a mesma coisa, não! Um adotado não seria meu filho nem seu, e sim filho do casal!! Quando nos unimos, juramos que todas as nossas decisões seriam as decisões do casal!!

– Então o casal acaba de reafirmar sua decisão de não adotar qualquer criança!

– Seria um gesto de genuína compaixão...

Álvaro odiava ser quase sempre a última voz a ser ouvida, sem ter de fato qualquer palavra sua como objeto de alguma consideração. As memórias das discordâncias do casal lhe trouxeram a incômoda constatação de que, em todos aqueles anos, a sua vontade quase nunca se sagrara vencedora. Naquele momento, ele se convencera profundamente de que a expressão "decisão do casal", que sua esposa solenemente repetia ao final das discussões, era somente um eufemismo para "vontade da Mayra".

Para Álvaro, o egoísmo de Mayra era a causa da ruína de sua própria virilidade. Fosse ela menos astuta e manipuladora, mais companheira e mais sensível... Enfim, ele estava convencido de que se ela cedesse mais, também ganharia mais. Além de proporcionar mais harmonia para a casa, os momentos de maior intimidade do casal (atualmente quase inexistentes) não se resumiriam a uma tediosa e repetitiva atividade física. Mayra castrara seu orgulho, sua criatividade e sua fonte de testosterona. E, mesmo sendo a castradora, ainda não compreendia a razão do desejo acanhado e monótono do marido.

Enquanto Álvaro, no seu íntimo, lamentava a mesquinharia da fagulha de sentimento que ainda mantinha aquele casamento, Mayra tinha escolhido finalmente a sua roupa. Iria para o cinema com Fabiana, advogada que era sua amiga desde os tempos de colégio. Álvaro não via Fabiana como boa companhia para a mulher. Fabiana, que tivera dois casamentos fracassados, tinha amantes a granel. Ele tinha uma certeira intuição de que ela estimulava Mayra a procurar outros parceiros afetivos.

Após encerrar o último diálogo, contudo, a preocupação de Mayra se voltara novamente para a conversa inicial com Álvaro. Ela tinha cinco anos a menos que ele e até parecia mais nova do que realmente era. Por sua vez, Álvaro tinha muitos cabelos brancos e rugas. Logo, era muito estranho que algumas pessoas tivessem dito a Álvaro que ele aparentava ser o mais jovem do casal. Ele poderia estar mentindo. Álvaro, porém, mentia mal, e ela geralmente sabia quando ele mentia. Enquanto Mayra vestia a roupa, silenciosamente crescia a sua apreensão com o assunto.

O office boy não a preocupava. Se ele realmente disse que Álvaro parecia ser mais jovem que ela, certamente o fizera para bajulá-lo. Eventuais cantadas da gerente do banco também não a inquietavam. Com sua idade e seus insatisfatórios atributos físicos, ela não conseguiria seduzir Álvaro, de modo que pouco importava se ela o havia cortejado ou não. A sua acentuada feiura certamente a levava a tomar a iniciativa com os homens. Talvez para a gerente isto até tenha se tornado um hábito.

No fundo, o que Mayra acreditava é que apenas uma pessoa tinha dito que Álvaro parecia mais jovem que ela. E não havia sido a gerente do banco nem o office boy. Álvaro apenas os teria citado para que houvesse ocasião para contar da cantada da vizinha solteirona e conservada, triunfo que fez latejar a sua indiscrição. Ele, sem coragem para contar a verdade inteira, mas pretendendo não perder a oportunidade de gabar-se dela, misturou-a com nacos de mentira, para escarnecer de Mayra. *Mas que idiota!!*, pensou ela. *Bastou eu dizer que os seus amigos bêbados me cantam para ele jogar na minha cara o seu flerte com a vizinha*, concluiu seu raciocínio.

Entretanto, não era somente o ciúme que efetivamente atordoava Mayra. Sua autoestima tinha sido gravemente ofendida. Como o mosca-morta do Álvaro, que tivera a sorte grande de ter sido escolhido para seu marido, ousava flertar com uma mulher carente? Não sabia ele então que, desajeitado e aborrecido como é, seria fatalmente descartado após a primeira cópula? Ele não sabia que aquela vizinha era moralmente parecida com aquela aranha conhecida como viúva-negra, que aniquila o macho após o acasalamento, alimentando seu orgulho com a ruína psicológica do amante abandonado?

Mayra caprichou um pouco mais na maquiagem. Tinha mais uma razão para ficar ainda mais bonita.

– Você vai aonde?! – perguntou-lhe Álvaro.

– Vou ao cinema com a Fabiana. Já tinha lhe avisado.

– Não gosto dela.

– Eu sei. Você gosta é da vizinha.

– Pare de falar besteira. Mal falo com ela!

– Mesmo assim, ela acha você um gato...

– Nunca lhe traí e nunca lhe trairei. Você sabe disso.

– Não sei de nada.

– Já disse, pouco falo com essa vizinha. Raramente ela me dá bom-dia.

– Não foi o que você me disse antes.

– Menti. Mas você provocou primeiro, falando dos meus amigos...

– Antes fosse provocação minha... Bom, estou atrasada. Tchau, Álvaro.

– Por que você não me convidou?

– Faz tempo que não vejo a Fabiana. E você não gosta de ir ao cinema.

– De qualquer forma, poderia ter me convidado.

– Tudo bem, da próxima vez lhe convido. Hoje nem adianta mais lhe chamar, pois o cinema está cheio, e o filme tem lugar marcado. Tchau, Álvaro.

– Tchau, Mayra.

No táxi, ainda irritada, Mayra falou com Fabiana por meio de um aplicativo de mensagens instalado no seu celular:

– Estou no táxi. Talvez me atrase para o cinema.

– Já estou aqui esperando você – respondeu Fabiana

– Ah, como eu odeio o Álvaro...

– Como se eu não soubesse!! O que ele fez desta vez?

– Depois explico...

– Já lhe disse um milhão de vezes, boba: largue esse homem!! Aliás, sabe quem vi ontem?

– Quem?!

– Rogério, aquele procurador que lhe apresentei no restaurante, mês passado – pequena pausa, nova mensagem: – Perguntou novamente por você...

Mayra não respondeu. Fabiana voltou a digitar.

– Você deveria dar uma oportunidade para ele! Ah, se eu tivesse a sua sorte!

– Ele é bonito, mas você sabe que é complicado...

– É complicado o quê? O Álvaro? Você só fala mal dele...

– É complicado.

– Nem sei por que ainda insisto...

– Ter um amante... Acho estranho, sei lá...

– Deixa de ser boba! Você parece uma mulher do século dezenove!!

– Pode até ser – pausa, nova mensagem. – Acho que eu não teria coragem para trair.

– E tem mais. Se eu tivesse um marido como o Álvaro, talvez nem tivesse me separado. Ele é tão avoado que você pode arrumar quantos amantes quiser! Ele nunca vai descobrir...

– Sim, é possível.

– Quer saber mais, Mayra? Quer saber a verdade mesmo?! Ainda que o Álvaro soubesse de alguma traição sua, ele nem iria se importar!

Após a última mensagem, Mayra parou para refletir. Pensou em Álvaro, na rotina insossa que ele a oferecia. Como a incomodava aquele ser de olhar humilhado. A sua apatia, a sua rabugice, a sensaboria de suas raras ternuras... Que homem desinteressante! Passou a recapitular o passado, a ingenuidade dos anos iniciais. Teria ela insistido demais em cultivar uma esperança inviável?! Mayra aguçava a decepção consigo mesma. Tomara consciência que também acalentou, desde o início, o lento desabrochar da frustração que a fustigava. Todo dia de manhã, via no espelho uma mulher nocauteada pelo próprio conformismo.

Porém, tinha princípios sólidos. Não frequentava as missas dominicais, mas o exemplo da mãe e os anos de estudo em colégio religioso incutiram no espírito algumas amarras morais difíceis de desatar. Entretanto, o tempo passava. O martírio caminhava para se tornar irreversível. No íntimo, buscava uma certeza tranquilizadora que permitisse romper o dique da insatisfação. Se seus escrúpulos pudessem ser preservados por um motivo superior, com alguma discrição, tudo possivelmente se resolveria sem remorsos.

Súbito, lembrou-se da conversa recente com o marido. Recordou-se dele falando da maldita vizinha. Imaginou Álvaro sendo seduzido por aquela mulher fácil, ardilosa, mal resolvida. Num átimo, a frustração tornou-se raiva. A indignidade do marido a enojava. Porém, ela não tentava aplacar a própria fúria. Ao invés disto, a alimentava, percorrendo mentalmente detalhes do diálogo, os olhares lascivos e desleais, as vozes mansas e quase adúlteras, o entusiasmo mútuo pelo perfume da iminente traição. Até que ponto eles teriam levado tamanha perfídia? Os lábios murchos daquele casal espúrio teriam se beijado? As línguas das duas serpentes já teriam se enroscado? Quanto mais ela divagava, mais se persuadia da consumação de outras libidinagens. Mayra regurgitou esses pensamentos até que, enfim, transbordavam do seu peito impaciências e revoltas.

Enquanto isso, diante do prolongado silêncio da amiga, Fabiana arrependeu-se do que disse. Para desconversar, digitou algumas mensagens sobre outro assunto. Sem lê-las, Mayra voltou a sua atenção ao celular, teclando:

– Você acha mesmo?!

– Acho o quê, Mayra?

– Que o Álvaro não se importaria se eu saísse com outro?!?!

– Ah, sim... Para ser sincera, acho que exagerei. Apesar de tudo, acho que ele ainda gosta de você... Desculpe-me.

– Não, você não exagerou. Você sempre teve razão!

– Sério?!?! – pausa de segundos, e nova mensagem: – Nossa, o que aconteceu hoje entre vocês??

– Fabiana, o que você acha do Rogério?

– O que eu acho?

– Sim.

– Bom, o que eu já lhe disse. Além de bonito, é bastante interessante. Inteligente, determinado, autoconfiante... E ainda é um *gentleman*. A Carol saiu com ele quatro vezes. Adorou! Mas ela não conseguiu fisgá-lo...

– Ele realmente perguntou por mim?

– Você quer realmente saber?

– Perguntou?!

– Sim, boba, perguntou!! Com os olhos brilhando!

As duas pararam de digitar. Alguns momentos se passaram, até que Fabiana perguntou:

– Posso passar o número do seu celular? Ele me pediu uma vez...

Após quase um minuto, Mayra respondeu:

– Pode!! Deve!!!

– Finalmente!! Gostei!! Mulher decidida!! Vou mandar uma mensagem para o Rogério agora mesmo!!!

– Que loucura!!! Estou envergonhada... Bom, o táxi está chegando no shopping. Daqui a pouco chego aí no cinema. Beijos!

– Beijos!!

Em casa, Álvaro desligou a televisão. O jogo de futebol estava muito maçante. Ficou deitado, lamentando o destino. Sonhava com uma revolução, com alguma possibilidade infalível de renascimento, com alguma reviravolta oriunda da surpreendente erupção de um acaso bem-sucedido. Ao mesmo tempo, receava qualquer passo que ameaçasse o aconchego do marasmo. Sequer fazia exercícios físicos, e não tinha coragem nem para ler um livro inteiro. Passou a ruminar sobre a insatisfação da mulher. *Que mulher possessiva! Inventa tudo para me afastar dos meus amigos*, pensou ele. Lembrou-se depois da vizinha, do perigo que correra mentindo para Mayra. *Que bom seria se aquela vizinha realmente tivesse dito que pareço mais jovem*, suspirou Álvaro para si mesmo.

Vitória de Pirro

Numa manhã de verão no Rio de Janeiro, Karen, apelidada por todos de Ka, vai ao Parque dos Patins, na Lagoa, com o marido, Josef, e a filha pequena, de dois anos.

Ela contempla aquele cenário esplêndido, respirando felicidade. Tinha a filha que sempre sonhara. Carinhosa, começou a falar com menos de um ano, e prometia ser mais bela do que a mãe. Quanto ao marido, não poderia ter escolhido homem melhor para casar. O matrimônio completava, naquele dia, três anos e quatro meses, após um ano e meio de namoro. Josef era um verdadeiro companheiro, afetivo, apaixonado, com mestrado concluído no exterior, além de muito atraente.

Recentemente ela tinha sido promovida na empresa em que trabalhava, uma importante multinacional. Ganhava o que nunca pensou que fosse ganhar. Por sua vez, o marido, Josef, galgava rápida projeção num grande escritório de advocacia tributária. Moravam na Lagoa, onde ela sempre quis, na Avenida Epitácio Pessoa.

Enfim, nada lhe faltava.

No entanto, em meio ao sol um tanto quanto exagerado que fez naquele dia, ela tem a impressão de ter visto um homem. Na verdade, não foi impressão. Após um tempo, ela constata que ele realmente está ali. Percebendo que tinha sido notado, o homem vira o rosto e foge.

Ka, porém, o tinha reconhecido. Ele foi seu último namorado antes do seu marido. Estava um pouco mais gordo, com a barba por fazer, mas era ele. Não tinham acabado bem o namoro. Ele a tratava mal. Ela vivia uma relação doentia e dependente, sem coragem para terminar o compromisso.

No início, fora apaixonada pelo ex-namorado, apesar do ciúme corrosivo do parceiro – como é assustadora a magnitude dessa pequena mesquinharia, fruto do afeto mal resolvido entre o amor e o ódio. Com o tempo, seus vícios foram se tornando mais salientes e insuportáveis. Ka via-se presa num relacionamento inexplicável.

Até que ela conheceu Josef. Ele deu o impulso decisivo para o enterro daquela relação moribunda.

O ex-namorado era uma pessoa que causava asco. Ka não fazia a menor questão de revê-lo. Por isso, resolveu esquecer o fato, como se não tivesse acontecido.

No mesmo dia, antes de dormir, ela põe-se a ler um livro de Kafka. Depois, sonha que está na portaria do prédio do ex-namorado. Precisava urgentemente buscar algo no seu apartamento. No entanto, o porteiro do edifício, após interfonar, determina que Ka espere na recepção. No exótico sonho, o tempo passa. Ka começa a ficar impaciente com a espera. No início, ela tenta convencer o porteiro a deixá-la entrar, sem sucesso. Mais espera, e nada de o porteiro autorizá-la a subir. Aflita, Ka tenta seduzi-lo, ameaçá-lo, corrompê-lo. Nada adianta. Após longa espera, no sonho, o porteiro diz que tem que encerrar o seu turno, pois o prédio seria fechado. Ela não poderia mais subir no apartamento, mesmo que ficasse o tempo inteiro na recepção.

Ka desperta angustiada. O marido também acorda: "O que foi?", ele pergunta, preocupado. Ka lhe conta o sonho. Depois de ouvir, Josef lhe fala: "Imagine, sua boba, o que você teria a buscar na casa daquele idiota??".

Os dois se amam antes de voltar a dormir.

Alguns dias se passam. Até que, em certa noite, em casa, Ka recebe a ligação de um número sem identificação no celular. Ela atende. Ninguém fala nada. Após insistentes alôs, ela ouve alguns segundos de gemidos, ao que se segue uma voz que diz: "Gostosaaa!!!".

O outro telefone desligou antes que houvesse tempo para que a pessoa na linha ouvisse os palavrões que ela respondeu.

Perto da hora de dormir, Ka resolve entrar em uma de suas redes sociais no microcomputador do escritório de casa. Está cansada e apenas quer ver os últimos *posts* dos amigos. Ela percebe então que sua conta tem menos amigos do que antes. Há também muitos convites de novas amizades e muitas mensagens recebidas, muito mais do que o normal.

Ela não confere com regularidade o e-mail ligado àquela conta na rede social, por isso estranha aquilo tudo. Ao longo do próximo dia, percebe que recebeu mensagens numa rede social do celular, mas não as lê. Tinha sido um dia muito ocupado, e ela não gostava de perder tempo com redes sociais, postando nelas apenas quando necessário.

O cansaço a convence a não verificar, naquele momento, o que aconteceu. "Devo estar com vírus no computador. Ou fui *hackeada*." Assim, dá a charada por resolvida. Decide que chamaria algum especialista em informática no dia seguinte.

Enfim, vai dormir. Encontra o marido sentado na cama, aparentemente desolado, olhando para o celular. Quando sente que ela o abraçava por trás e o beijava na nuca, Josef coloca o celular na escrivaninha e levanta-se agressivamente:

– O que foi, querido?

– Nada, nada!

– O que foi? Eu lhe conheço, alguma coisa aconteceu. Você parece muito perturbado.

O marido silencia um pouco e, após algum tempo, responde:

– Perdi um prazo importante no escritório! Isso nunca tinha acontecido! Estou muito chateado, é só isso – diz ele, balançando a cabeça de um lado para o outro, como se quisesse negar a realidade.

– Querido, você é um excelente advogado. Todo mundo falha um dia. Todos vão entender. Venha cá, que eu vou lhe consolar.

Afastando-se do braço dela que tentava tocá-lo, ele responde gritando:

– Você não entende?!?! Era um prazo, um prazo de um cliente importante. Há falhas na vida que não podemos cometer!! São irreversíveis!!

Ka se assusta e começa chorar. Ele põe as duas mãos no rosto e chora também. Após algum tempo, Josef diz:

– Vou beber um vinho.

– Posso beber com você, Josef? – pergunta Ka, assustada, mas fiel à cumplicidade do casal.

– Não, definitivamente não!! Quero ficar sozinho, entende?! Sozinho!!

Ele sai do quarto do casal, pega duas garrafas de vinho tinto, um copo, um saca-rolha, alguns pacotes de amendoim e se tranca raivosamente no escritório. De repente, volta para o quarto com um olhar furioso. Ka se assusta, mas ele apenas pega o celular e volta a se trancar no escritório, batendo as portas. Ka dorme, após tomar alguns comprimidos para ajudá-la com esse propósito – o sofrimento de Josef a fizera perder o sono.

No dia seguinte, seu marido a acorda mais cedo do que o normal. Está com os olhos fundos de quem virou a noite sem dormir, com um bafo de álcool e uma voz de enterro.

– Ka, desculpe lhe acordar, mas você precisa ver uma coisa.

O marido pega seu celular e mostra um vídeo para a esposa. É uma cena de sexo! Estranho, já que Josef não gosta de ver pornografia com ela. Ainda sonolenta, ela olha mais atentamente. Aquela cena lhe é familiar. Aqueles dois, aquele local... É ela!! Com os cabelos curtos e mais escuros, mas é ela, antes de conhecer Josef!! Ela e o ex-namorado!

– Como você conseguiu isto? – pergunta Ka, chorando.

– Calma!! Apenas precisava saber se era você mesmo, mas vejo que é.

Ka começa a se desesperar. Não podia ser ela naquele vídeo. Quis revê-lo para ter certeza. Falta-lhe coragem. Ainda assim, não acredita plenamente que aquilo está realmente acontecendo. No entanto, isso apenas piora a situação, pois a lenta acomodação do seu convencimento doía consideravelmente mais. Ela intui que ali começava um final trágico. Ou pior, provavelmente era só o começo de um final terrível que nunca teria fim. Aquele maldito filme era o cruel epitáfio de sua dignidade. Quem o enviou ao marido? Quem o teria visto? Quem ainda o veria? Sentia-se sumariamente condenada, sem necessidade de veredicto.

Por sua vez, Josef, que recebeu o vídeo de um amigo (que lhe pediu desculpas por enviá-lo), foi avisado de que aquilo estava ganhando notoriedade há alguns dias. Está indignado com o triunfo covarde de um rival que, até pouco tempo atrás, nunca lhe preocupara, nunca fora páreo à sua altura. Josef está atônito. Não esperava que a inferioridade do inimigo fosse a sua maior arma. Tenta manter a calma, mas ver sua mulher sendo publicamente possuída por um desprezível o instiga às ações mais violentas que um homem pode cometer. Paradoxalmente, sente-se débil, pois nem a morte do rival seria suficiente para superar o golpe desferido. Essa angústia por si só é suficiente para o consumir completamente, e alguns demônios ainda lhe sopram tormentos laterais. Ele ainda pensa na filha, nos familiares, nos amigos, na posição social do casal... Preocupa-se em especial com a mãe, tão religiosa e tão zelosa de sua posição na sociedade carioca.

Josef e a mulher eram vítimas do golpe mais brutal da brutalidade, e ele não tinha a mais remota esperança de consolo na civilização. Afinal, foi a civilização que pariu, criou e alimenta tal refinamento da selvageria. O que seria do futuro? Surpreendentemente, o futuro se tornara uma temível hipótese em que qualquer calamidade seria possível.

A angústia manteve-se quieta até um limite. O pranto cada vez mais acentuado de Ka irritava Josef, que pergunta à esposa:

– Como você pôde namorar esse idiota? E pior, como pôde permitir que ele a filmasse em tal situação?!?!

– Amor, eu não sabia do que ele era capaz. Quanto ao filme, eu devia estar bêbada.

– Você devia se preservar mais, tomar cuidado!!!

– Desculpe, meu amor! Por favor, me desculpe! Jamais imaginei que isso fosse acontecer algum dia!! – Ka para um pouco e continua: – Nós mesmos já não nos filmamos também?

– E você ainda me põe no mesmo patamar desse filho da puta?!?!

Ka desespera-se mais. Não sabe o que dizer. Sente-se suja, indigna. Como poderia viver sem o marido? Ela o ama, tem sua filhinha. Após um doloroso silêncio, o marido a consola e a beija:

– Calma, estamos juntos!! – Josef diz.

Segue-se um abraço forte. Eles sabem que têm que continuar a existir e a resistir juntos, mesmo com a dignidade sofrendo sérios apuros. Ah, que saudade da monotonia da vida! A verdade é que o ex-namorado de Ka sobreviveu a muitas derrotas e, enfim, impiedosamente, estendeu a pior delas a seus maiores algozes: Ka e Josef.

Passado algum tempo, querendo sondar cuidadosamente o mundo, Ka abre um de seus e-mails. Na caixa de mensagens, algumas pessoas perguntam se ela está bem. Traumatizada, ela responde que sim a todos. Obviamente todos sabiam do ocorrido, mas ninguém lhe dizia claramente, e isso a assustava ainda mais.

Começa a ganhar medo e a olhar com obsessão para o celular. Sabe que terá surpresas provavelmente não muito agradáveis naquele maldito aparelho. Ka vê que foi excluída de três grupos na rede social do celular. Há muitas mensagens (a maioria, de pessoas que não estão em sua agenda, e que, portanto, ela desconhece), mas nenhuma é lida.

Ela e Josef decidem não trabalhar neste dia. Ficarão em casa, preparando-se para a realidade, pensando em como enfrentar o maremoto invencível que apenas começava a estrondar. Ka liga para o trabalho e diz que não está bem. A secretária, que parece estar rindo, diz:

– Claro, dra. Ka, sem problemas. Aviso a todos.

O marido faz o mesmo. Liga para seu trabalho, dando uma desculpa. Uma das domésticas, a babá, leva a filha do casal à creche. Aparentemente, ela é a única pessoa no mundo a não saber do que ocorre. Porém, tal quadro muda assim que ela atende uma ligação que diz ser da imprensa. Então recebe uma orientação do casal: atender as inúmeras ligações do dia e só repassar as que forem da família dos dois.

Aliás, as famílias estavam ligando. Os pais de Ka consolaram a filha longamente. Ka se preocupava com seu pai. Ele já tivera um infarto. Será que suportaria este sofrimento? O pai de Josef ligou para o celular do filho. Quando ele pediu para falar com a mãe, o pai disse que ela estava um pouco cansada naquele dia, dormindo, e que pedira para não ser acordada.

A babá e a outra doméstica atenderam ainda muitos trotes grosseiros no telefone fixo, então deixaram de atendê-lo depois de algum tempo, obedecendo ordens do casal. Ka e Josef só atendiam o celular, mesmo assim apenas de números de pessoas que conheciam.

De tarde, Ka entra numa outra rede social. Percebe que agora tem muito menos amigos virtuais e que há infindáveis solicitações de amizade de pessoas desconhecidas. Seu perfil também está cheio de mensagens. Lê as duas primeiras e decide parar. Volta a chorar. Resolve deletar a sua conta.

Sai também das outras redes sociais. Não tem coragem de verificar os sites de notícias. Deita-se com o marido. Na cama, ficam o restante do dia, abraçados e atônitos.

No dia seguinte, um jornal da manhã dá a notícia de vídeos íntimos (eram mais de um) que circulam na internet e em algumas mídias sociais. Tais acontecimentos, apesar de corriqueiros, raramente são noticiados na televisão. No entanto, não se tratava do vazamento de vídeos constrangedores de uma pessoa qualquer. Ka era uma importante executiva de uma multinacional conhecida. Esse fato era o ingrediente que tornara a notícia irresistível.

O ex-namorado de Ka fizera um *strike,* como se diz no boliche. Com uma artimanha, derrubara toda a família de Ka e Josef – não apenas o casal e sua filha, mas também seus pais e irmãos, além dos tios e primos queridos, atingindo também a reputação da conceituada empresa em que Ka trabalhava.

O casal foi avisado da matéria televisiva por uma ligação de familiares. Não quiseram assistir ao noticiário. Resolveram voltar a trabalhar e enfrentar o mundo que, de súbito, tornara-se mais feroz.

Ka chega ao seu trabalho. Era uma figura importante, já havia emprestado seu lindo rosto e voz para a empresa em algumas entrevistas na mídia. Sente-se muito incomodada com a unanimidade de olhares que a sua presença atrai. Quanto ao vídeo, nenhuma palavra, ninguém diz nada. Há ali uma solidariedade ameaçadora. Ela então começa a trabalhar normalmente, fingindo que nada tinha acontecido.

Os dias seguintes são igualmente dolorosos. Ka tem a impressão de ser observada por todos na rua, apesar dos óculos escuros e do corte de cabelo diferente. De qualquer forma, ela e o marido passam a evitar ao máximo sair de casa.

No início da semana posterior ao ocorrido, pouco antes de ir para o trabalho (Josef já tinha saído), Ka recebe uma ligação em seu novo número de celular – compartilhado apenas com íntimos e contatos profissionais importantes – de um número desconhecido. Inadvertidamente, ela atende.

– Alô!

– Karen, tudo bem? – diz a voz educada de um senhor.

– Tudo. Quem está falando?

– Karen, você não me conhece pessoalmente, mas decerto já deve ter me visto na imprensa. Sou um empresário e investidor importante de São Paulo, dono de várias empresas, e tenho também algumas fazendas e muitos imóveis neste nosso Brasil. Hoje, vim para o Rio de Janeiro e estou no meu apartamento, de frente para o mar do Leblon, por um motivo especial.

– O senhor deve estar me confundindo com alguém.

– Não, Karen, é com você mesmo que quero falar.

– É? Quero dizer, sim, sim. Desculpe-me, ando meio atordo... Digo, distraída, nestes dias. Algumas informações têm me passado despercebidas. Você deve estar me ligando porque alguém da empresa em que trabalho pediu.

– Não, Karen, na verdade não estou ligando a pedido de sua empresa.

– Não?!

– Não. Esta ligação não tem relação com seu trabalho atual.

– Desculpe-me, meu senhor, eu estou bastante atarefada hoje e já deveria ter saído para o trabalho. Aliás, como você conseguiu meu número de celular, então?!

– Karen, sou um homem bastante influente. Conseguir uma informação como esta, para mim, não é nada. Posso lhe abrir muitas portas. Quantos neste mundo não dariam a própria alma por uma ligação minha? No entanto, de você peço muito pouco.

– Meu senhor, eu não tenho nada a lhe oferecer. Estou satisfeita na minha empresa. Para eu considerar outra proposta de emprego, ela teria que ser muito sedutora...

– Mas você é uma mulher irresistivelmente sedutora, Karen! Claro que minha proposta está à altura de uma mulher como você! Deixe-me explicá-la...

– O senhor está me faltando com o respeito! Sou uma mulher muito bem casada, amo meu marido!

– Não se assuste, Karen. Sou muito discreto. Pela minha posição social, preciso sê-lo. Não farei nada indevido. Meu motorista pode ir buscá-la quando você quiser, na minha BMW. Estou apenas de roupão lhe esperando e...

Ka desliga o celular, verdadeiramente fora de si. O mesmo número de telefone ainda a atordoa no bina algumas outras vezes.

De noite, ao saber da ligação, Josef fica furioso. Eles não podiam mais ser golpeados sem esboçar qualquer reação. A perplexidade inicial os deixou tão acuados que eles não tinham adotado ainda nenhuma medida contra o ofensor. O marido sentia-se como um leão flechado várias vezes, com os brios incendiados. Resolvem ir à delegacia mais próxima de casa. Josef não é penalista, mas está convencido de que se trata de uma questão pessoal. Ele teria que aprender a esmagar aquele inseto sem a ajuda de outro advogado.

Após uma longa espera na delegacia, decidem reclamar. O delegado está muito ocupado. O escrivão de polícia se apresenta ao casal e pergunta se pode ajudar. Por um momento, o olhar do escrivão o trai, e Josef quase o esmurra. Alguns segundos a mais e aquele furioso marido teria lido o pensamento do escrivão, esmurrando-o ali mesmo, sem medo de ser preso.

O escrivão, porém, contém seu olhar a tempo. Ele pergunta novamente ao casal:

– No que posso lhes ajudar?

– Boa noite. É uma situação muito delicada. O fato aconteceu há alguns dias, mas vem nos incomodando cada vez mais. O que ocorreu é que o desgraçado do ex-namorado da minha mulher espalhou vídeos íntimos dela pelas redes sociais. Queremos registrar uma queixa, para que seja tudo apurado, de forma que esse filho da puta seja punido com todos os rigores da lei!!

O escrivão coça a cabeça, finge surpresa com a notícia, então lamenta:

– Amigo, isto é muito triste! Infelizmente, o mundo está povoado de psicopatas! Vocês têm toda a minha solidariedade. Mas vou lhes falar como amigo. A delegacia está muito sobrecarregada nestes dias. Há muitos crimes na região, e os inquéritos se acumulam. Para dar maior rapidez à investigação de vocês, sugiro-lhes procurar a Delegacia de Repressão aos Crimes de Informática, para conversar com o delegado de lá – ele aconselha, antes de apertar a mão de Josef, após passar o endereço da Delegacia para o casal.

No dia seguinte, de manhã, os dois ligam novamente para seus trabalhos. Não poderiam comparecer novamente aos respectivos empregos. Ambos sentem que sua situação profissional está seriamente abalada, tanto pela repercussão do caso quanto pela forma que eles mesmos estavam reagindo ao acontecido. Isso, porém, ficaria para ser corrigido depois. O momento tinha outra prioridade.

Na Delegacia de Repressão aos Crimes de Informática, o Delegado os recebe com relativa rapidez. Muito solícito, pede para ambos se acomodarem.

– Uma pergunta – anuncia o Delegado: – Por acaso entraram em algum computador da senhora, roubando arquivos íntimos via internet?

– Não – responde Ka, com cada vez mais vergonha. – O desgraçado do meu ex-namorado tinha os vídeos no computador dele – ela completa, olhando, com revolta, para o chão.

O Delegado olha para o outro lado, pensa um pouco e também lamenta:

– Bom, então o caso não tem amparo na Lei 12.737, de 2012, conhecida como Lei Carolina Dieckmann, que trata de delitos informáticos, mas tutela apenas quem teve o computador invadido por terceiros.

Josef, com imprudente raiva, protesta:

– Delegado, minha mulher sofreu uma violência selvagem, e o Estado é indiferente a esse crime?!?! – a raiva foi transformando-se em choro.

O delegado tenta consolá-los. Por fim, prossegue:

– Não é que seja indiferente. Apenas estou tentando apurar detalhadamente quais crimes foram praticados – após breve pausa, continua: – Creio que houve difamação e injúria contra sua mulher. Vou lhes orientar proceder...

– Obrigado, delegado!! Diga-me como esmagar aquele verme!! Quero vê-lo preso!! Arruinado!! – disse Josef, com fúria tilintando nos olhos.

– Sim, sim, é claro... Entendo o sofrimento de vocês... Na verdade, já tinha tomado conhecimento do caso nos jornais...

– Nos jornais?! – pergunta Ka, que tentava negar a si mesma a repercussão da questão na mídia.

– Não nos de maior circulação – explica o delegado, minimizando. – Em jornais pequenos, que repercutem notícias sensacionalistas. Por força do hábito, costumo folheá-los, pois muitas vezes sou procurado por matérias que saem nessas publicações.

Ka fica ainda mais angustiada. Tinha trocado o número do telefone celular, o número do telefone de sua casa... Sente que tais medidas seriam somente paliativas, pois ela ainda estava dramaticamente presente no imaginário de muitos homens e nas fofocas de muitas mulheres. Não frequentava mais as redes sociais. Ainda assim, o marido atendia alguns trotes (ele e as domésticas filtravam todas as ligações). O empresário paulista que a ligara anteriormente, inclusive, ligou mais uma vez para seu novo celular, e Josef prometeu estapeá-lo. Como aquele homem se atreveu a falar com seu marido, ela não fazia ideia.

Ka se deu conta de que ainda estava na delegacia, pois o delegado continuou a falar:

– Pois bem, a pornografia de vingança, feita por parceiros amorosos, é objeto de alguns projetos de lei em andamento, que, se aprovados, criarão tipificação específica. Enquanto esses projetos não são aprovados, é necessário tentar enquadrar a conduta do seu ex-namorado nas leis penais existentes.

– E o que o senhor sugere, doutor? – pergunta Josef, aflito.

– Vejam, a conduta dele pode, em tese, ser enquadrada como crime de difamação e injúria. No entanto, neste caso, talvez não tenha sido apenas a honra da sua mulher que foi maculada. Creio que casos assim já têm uma resposta mais firme no ordenamento jurídico. Penso que posso enquadrá-lo também na Lei Maria da Penha, com base nos artigos... Deixe-me ver na internet – ele para de falar por um tempo, consultando a lei. – Ah, estão aqui. Artigo 5º, inciso III, e artigo 7º, incisos II e V, da Lei Maria da Penha, que, combinados, abrangem a violência psicológica praticada por ex-parceiros afetivos e os delitos de difamação e injúria.

Ka sente-se verdadeiramente confortada pelo delegado. Faz menção de agradecê-lo, mas começa a chorar antes de conseguir falar algo. O delegado se apieda e diz:

– Olhe, minha senhora, não se abale. Nós, policiais, estamos acostumados a lidar com situações como esta. O ser humano é capaz de atos atrozes por motivos ínfimos. Vou ajudá-los no que for possível – conclui o delegado, orientando, logo em seguida, o casal a adotar as devidas providências para iniciar a persecução penal contra o ex-namorado de Ka. Aconselha-os ainda a contratar um advogado competente, que não estivesse emocionalmente envolvido com o caso, não apenas para acompanhar a ação penal, como também para mover a ação civil por reparação de danos. Josef concorda que não seria suficientemente frio para lidar com aquele caso sozinho, então resolve contratar uma prima advogada, também muito competente, que é criminalista e tem um sócio que movia ações de indenização civil.

No entanto, os dias seguintes do casal não foram muito bons. Ka foi demitida, tendo apenas o consolo de uma gorda indenização – o que não evitou o boicote de muitas feministas aos produtos da sua ex-empregadora. Josef, por sua vez, se afastou do seu escritório após esmurrar um advogado que sempre rivalizara com ele, ao interpretar uma frase do agredido como uma provocação alusiva ao caso de sua esposa.

Enquanto isso, num noticiário noturno, o ex-namorado de Ka apareceu, na delegacia. Na mesma data, vários repórteres, fotógrafos e cinegrafistas tinham se acotovelado na portaria do prédio de Ka, mas ela se recusara a falar. A matéria também teve repercussão no dia seguinte, nos jornais impressos e em algumas emissoras de rádio e televisão. O seu ex-namorado apareceu novamente saindo da delegacia, de óculos escuros, ao lado de seu advogado. Calmamente, alegava inocência. Disse que tivera o laptop roubado. Para Karen, vê-lo apenas revigorava o entusiasmo do pesadelo.

Os dias continuaram passando, e Ka se enamorando cada vez mais de sua persistente melancolia. Era como se ela sobrevivesse sem um membro importante do corpo, o que a tornava menos capaz do que já tinha sido. O marido aparentava mais tranquilidade, mas apenas porque estava sob efeitos de remédios receitados por um psiquiatra. As relações íntimas do casal diminuíram consideravelmente com o estresse da situação.

Os pais e irmãos de Ka a visitavam com frequência. O irmão de Josef e seu pai também faziam visitas ao casal. A mãe de Josef apenas ligava para ele – momentos em que ele se afastava da mulher, que fingia não notar. A filha percebia a atmosfera diferente na casa. Parecia mais triste.

O tempo passava, e ambos não conseguiam se recolocar no mercado. As economias se esgotavam. Eles resolvem, então, se mudar para o interior de São Paulo, terra do pai de Josef. Lá, o sogro de Ka tinha amigos bem situados socialmente, de modo que conseguiu um bom emprego para o filho, prometendo ajudar a nora também.

Josef e Ka rescindiram, enfim, o aluguel do apartamento da Lagoa, despediram as domésticas, que não quiseram ir com eles para outra cidade, e rumaram para o interior de São Paulo.

A mudança fez bem para Ka, fato que sua nova terapeuta de São Paulo pôde notar após algumas consultas. Para a sua surpresa, ela foi bem aceita na comunidade de uma igreja local. Retomara a fé católica ao frequentar a missa com uma irmã, ainda no Rio: havia se emocionado com a homilia do padre sobre o Livro de Jó. Fez novas amizades. Queria mais um filho. O marido relutava.

Josef teve uma recaída e estava mais abalado do que antes. Dormia mal e descuidara-se do físico. Se antes apenas bebia socialmente, aos fins de semana ou em ocasiões de forte estresse, agora se alcoolizava todas as noites com amargos copos de uísque, o que os seus psiquiatras, do Rio e de São Paulo, condenavam, sem sucesso, devido à força dos remédios que Josef tomava – se bem que muitas vezes ele se esquecia de tomá-los.

Já o ex-namorado de Ka respondia a dois processos, um cível e outro criminal. Ka e o marido ainda tiveram o constrangimento de enfrentá-lo em duas audiências criminais. Josef mal pôde se conter. A juíza era muito hábil, acostumada a atmosferas pesadas. No entanto, como não demonstrava preferências, desagradou o casal. A promotora era mais dura, o que deixou Ka e o marido muito satisfeitos.

Os dois então retornaram para o interior de São Paulo. Pouco tempo após a última audiência, Ka soube, por sua advogada no Rio, que o ex-namorado fora condenado. Cabia recurso, mas a sentença estava muito bem fundamentada.

Ka sentiu-se aliviada. Enfim, abriu-se um hiato no pesadelo, e ela queria comemorar. Foi dar a notícia para seu marido assim que ele chegou do trabalho.

— Que bom, meu amor — disse Josef, beijando-a friamente.
— Josef, acho que você não ouviu bem. Ganhamos, meu amor! Ganhamos!! Aquele desgraçado vai pagar por tudo o que fez conosco!!
— Sim, Ka, eu sei. Ele vai pagar, tenho certeza.
— Josef, o que está havendo?! Você anda muito distante ultimamente! Meu querido, você tem tomado os seus remédios?!?! Amor, escute o seu psiquiatra!! Pare de beber!! Os remédios não são compatíveis com o álcool. Tanto o psiquiatra do Rio quanto o daqui de São Paulo lhe alertaram a respeito disso!! Você mesmo me contou, não lembra?!?! Você prometeu que não beberia enquanto estivesse tomando os medicamentos.
— Eu sei, Ka. Eu sei. Não beberei mais.
— Querido, sua voz está tão triste! E não é de hoje — disse Ka, tentando abraçá-lo.
Ele se afastou. Ela se assustou:
— Querido, o que está havendo?!
— Nada, meu amor. Está tudo bem.
Os dois choraram. Josef estava pensativo.
— Josef, você está muito estranho!! Estou muito preocupada. Aconteceu algo que eu não sei ainda?! Por favor, não me esconda nada!! Sempre fomos cúmplices!! Você tem alguma coisa a me dizer?
Josef enfim balbuciou as seguintes palavras:
— Ka, quero me separar.

O Papa brasileiro

Início da semana. Acordei atrasado. Dei bom dia para minha mulher, um beijo em cada um dos meus filhos e apressei as mastigadas do desjejum. Em seguida, escovei os dentes e desci para a garagem. Liguei o carro e rumei para o trabalho.

Preso num engarrafamento inesperado, vi um caminhão, de onde subia uma fumaça negra, que entristecia o ambiente. Preocupava-me a demora no trânsito.

Cheguei ao Centro do Rio de Janeiro. Estacionei o carro na garagem alugada. Andando, apressado e absorto, em direção do escritório, esbarrei sem querer num guarda em frente ao Edifício Swissair, na Avenida Rio Branco, perto da rua Buenos Aires. Pedi desculpas.

Enfim, cheguei no prédio do escritório. Na fila dos elevadores, apenas um homem alto e magro. O terno negro, um pouco puído, indicava que ele não era advogado.

Entramos no elevador. Apertei o botão do décimo quinto andar, e ele, o do décimo nono. O homem puxou conversa.

– Que dia é hoje?

– Segunda – respondi, seco.

– Sim, o doutor está correto. Mas se esqueceu de dizer que hoje, bem como todos os dias, é dia de ler a palavra do Senhor. Já leu a palavra do Senhor hoje?

Com a cabeça, disse que não. Ele educadamente me entregou um folheto, retirado de um pequeno maço no bolso do paletó. Passagem bíblica. Se bem me lembro, Evangelho de Mateus, capítulo 16, uma parte em que Jesus fala com Pedro. Ao chegar no meu andar, despedi-me e saí do elevador.

Adentrei o escritório. Vi o vendedor de livros me esperando. "Meu Deus! Lá vem me alugar de novo!", pensei. Ele era uma figura leve, tipicamente brasileira, apesar dos olhos azuis. Queria me vender livros que eram de um desembargador aposentado, recém-falecido. A viúva lamentava a escolha profissional do único filho, que era arquiteto.

– Certa é a família do desembargador Clóvis. Três filhos, dois juízes. A terceira fez Economia, mas agora está quase acabando a faculdade de Direito. Menina bonita, doutor! – disse-me, escandindo a segunda vogal do adjetivo. E prosseguiu: – Inteligente, muito estudiosa. Já faz estágio em um escritório grande. Quando se formar, logo, logo, passa num bom concurso.

Olhei para ele. Era a mesma figura de sempre, só que naquele dia parecia estranhamente diferente. Negociamos os livros:

– Doutor, são trezentos reais os quatro livros. Coisa fina, de jurista italiano, tudo bem traduzido. Como é para o doutor, faço por duzentos e cinquenta. Fechado? – ele me disse.

Algo começou a me perturbar enquanto eu olhava para o livreiro. O que eu estaria esquecendo? Depois de conversar um pouco, aceitei a barganha e comprei os livros. Despedimo-nos:

– Seu Vasco continua mal, né, doutor?

Minha resposta foi um riso forçado. Fui até a copa. Pedi à copeira um café. Vi a discreta fumaça branca que saía da bebida ainda fresca, no caminho do bule para a xícara.

– Com duas gotas de adoçante, por favor – solicitei a ela.

Enfim, me encaminhei para minha sala, ainda pensativo. Mesmo atrasado para o volume de tarefas do dia, tomei calmamente meu café. Li o folheto recebido no elevador.

Cinco minutos após terminar de tomá-lo, tive uma súbita epifania. Dei-me conta do que havia percebido.

O livreiro se parecia com o Papa.

Algumas semanas depois, ele foi ao meu escritório. A secretária ligou para minha sala. Pedi para esperar. Ele sempre esperava. Quando saí, vi-o conversando, na recepção, com outro advogado. Falava da nova namorada. Viu-me e imediatamente me dirigiu a palavra:

– Doutor, boa tarde! Estava aqui com seu colega mostrando as fotos da minha nova namorada.

– Boa tarde! Eu vi.

– Mulherão doutor!! Trinta e dois aninhos – ele mostrou uma foto, enquanto prosseguiu: – Acabou de se separar, tem um filho. O marido a trocou por um namorado. Veja só, doutor, como anda este mundo! Um mulherão desse!! Os jovens de hoje não sabem o que é bom, doutor.

– Concordo. Muda-se o mundo, mudam-se as vontades...

– Não sabem apreciar o que é bom – repetiu ele, para logo em seguida mudar o rumo da conversa. – Doutor, trouxe uma joia hoje. Esgotadíssima. Chegou ainda há pouco no sebo. Para você, vendo por cinquentinha.

Olhei o livro. Não me interessava. Ele insistiu um pouco, como de hábito. Resisti, desta vez, como quase sempre. Ele então desistiu. Despedi-me. Ao entrar na minha sala, ouvi-o pedir à secretária para falar com meu sócio.

Após alguns dias, numa terça-feira com sol triunfante, cheguei no escritório para mais um expediente de trabalho. Havia um pequeno conclave na recepção. O livreiro estava no centro, mostrando fotos:

– Chega aí, doutor! Já viu o Papa?

Ele tinha um pequeno maço de fotografias na mão. Eram fotos dele mesmo, tiradas no último Carnaval. Ele as mostrava, uma a uma, vagarosamente. Nelas, o vendedor de livros aparecia orgulhoso, vestido com todos os paramentos papais:

– São fotos do Bloco do Bola Preta, doutor.

E continuava a descortinar as fotos. Num certo momento, parou. Virou-se de perfil. Queria provar que era verdade, que realmente se parecia com o Papa. Estava feliz. O destino fizera dele uma autoridade, ao menos por alguns dias do ano. Não uma autoridade corriqueira, mas o VIP dos VIPs. O folião mais aclamado do carnaval de rua.

– Olhe esta aqui, doutor! – aproximou-me outra foto dele no bloco, com um mulato alto, de terno e gravata.

– Encontro de cúpula, doutor!! O Papa e o Obama! – disse-me, como se fosse necessário explicar o chiste.

– Imagina se aparece um terrorista doutor?! – após finalizar a piada, deu uma gargalhada, forçada e inconveniente para o local, apenas para salientar a própria espirituosidade.

Nem tentou me vender livro algum nesse dia. Apenas prometeu voltar, em outra oportunidade, devidamente paramentado.

Semanas depois, numa quinta-feira chuvosa, ele apareceu no escritório. Pediu para falar comigo com urgência. Eu disse que estava ocupado. Ele insistiu com a secretária. Afirmou ser de suma importância. Mais uma vez, ele esperou bastante.

Quando abri a porta de minha sala, vi-o de pé, na recepção:

– Boa tarde, doutor!!

Acompanhava-o uma urgência vibrante. Puxou-me pelo braço e começou a me mostrar papéis. Eram cópias de um processo judicial. Começou a explicar o caso. Alguém ganhara uma ação na Justiça contra o Governo.

– Doutor, estão só discutindo os cálculos. Vai dar um precatório de uns seiscentos milhões!! Seiscentos milhões, mais ou menos! E o dono ainda aceita vender por uns cem milhões, doutor! Negócio da China!! E ainda acho que dá para chorar o preço!

Começou a me explicar mais detalhes sobre aquele bilhete de loteria:

– O doutor Miguel Justo, que tem escritório na Rua da Quitanda, advoga para o vendedor. Pediu para eu procurar alguém interessado em comprar. O doutor Miguel prometeu cinco por cento para quem achar um comprador. Cinco por cento!

Voltou a falar do negócio. Procurou no bolso da calça jeans exaurida alguma anotação importante sobre o caso. Não achou. Continuou a falar. Tinha intimidade com o palavrório dos advogados, embora não entendesse muito bem do que falava. Ao final da conversa, deixou-me com algumas cópias que tinha dos papéis, pedindo:

– E aí, doutor? Se tiver um interessado, me avise! A gente divide a comissão!

Apertou a minha mão e foi embora.

Nunca mais falamos no assunto.

Ele continuou a ir até o escritório, tentando – cada vez com mais dificuldade – vender livros.

Numa quarta-feira sorridente, apareceu de novo no escritório. Após autorização da secretária, entrou na minha sala. Como de hábito, trazia alguns livros a tiracolo. Não me interessei. Não insistiu em reverter o fracasso da venda. Puxou logo uma foto do bolso:

– Olhe que mulher bonita, doutor! Minha nova namorada.

Mostrou-me a foto de uma morena formosa:

– Quarentona arrumadinha, doutor! Carente que só ela. Mas linda, linda! Carinhosa... – disse, escandindo novamente a última palavra. Passou a discorrer sobre mulheres: – Doutor, o senhor é um homem bem-casado, religioso. Mas nunca se sabe o dia de amanhã. Deixe eu lhe dizer, doutor – e continuou: – Qual ser humano não é carente? Seja homem, seja mulher, todo mundo é carente. Mesmo o mais perverso sente falta se não há ninguém por perto em quem descarregar sua malvadeza. Mas essa é outra conversa...

Pigarreou e continuou, com ar professoral:

– Toda mulher é carente, doutor. Mesmo as mais bonitas. Aliás, principalmente as mais bonitas. Mesmo as comprometidas. Muitas vezes, muito mais as comprometidas... Enfim, o que toda mulher sonha, o que toda mulher quer, é ter um homem que a proteja das suas carências. No entanto, ele tem que conhecer as carências dela, as dela...

Ele deu uma piscada de olhos ao ressaltar a última palavra, então prosseguiu:

– ...porque há rostos diferentes, há carências diferentes. Podem ser até parecidas, mas são diferentes. Até aqui, doutor, qualquer Don Juan de vinte anos sabe, mesmo sem saber que sabe. Agora é que eu vou falar da verdadeira arte.

De repente, seu celular tocou. Ele pediu um minuto. Era alguém que precisava de um livro. Ele disse que em 30 minutos estaria no escritório do cliente, com o livro em mãos. Despediu-se e desligou o telefone. Dirigiu novamente a atenção para mim:

– Voltando, doutor, porque tenho que trabalhar. Para encurtar nossa conversa: você tem que conhecer o ex dela, ou os homens que ela já teve. Ou que ainda tem e está insatisfeita, e por que está insatisfeita com ele...

O livreiro soltou uma pequena gargalhada. Neste ponto, perguntei:

– Mas como é que eu vou conhecer o ex dela?

– Doutor, não é conhecer o ex dela. É conhecer o que o coração dela guardou do ex, ou mesmo do marido, do amante, ou do que seja. Para saber disso, você tem que conversar com a mulher. Sem, porém, demonstrar maiores intenções, doutor. A conversa não pode ser solta. Você começa a conversar, sabendo que, em algum momento, ela vai ter que falar do homem que incomodou o coração dela: ou porque ela gostou muito, ou desgostou, ou porque não pôde gostar quanto queria. Como fazer isso? É simples, doutor. Eu, que sou viúvo, falo da minha falecida esposa, que Deus a tenha. Falo bem, sempre bem, mostro que sinto saudade, demonstro minha carência. Aí é batata, doutor! Se ela estiver carente, comprometida ou não, também vai começar a falar do abandono que sente, devido ao homem que ela abandonou, ou ao que a abandonou. Mas, veja bem, quando falo de abandono, doutor, falo de abandono no coração, porque ela pode estar com alguém sem que seu coração também esteja. Assim, se ela foi abandonada, você tem que mostrar para o coração dela que não fará o mesmo, mas que tem o que ela gostava naquele que a abandonou. Se foi ela quem abandonou alguém, o coração dela tem que ver em você o homem que ela queria ter tido, mas que não teve.

E continuou a falar:

– Logo, o que ela gostar no ex, você deve mostrar que também tem. O que ela não gostar no ex, você não pode demonstrar ser parecido. Agora, cuidado, doutor! O que uma mulher gosta no ex nem sempre é o que ela elogia. E o que ela não gosta também nem sempre é o que ela critica. Ela pode gostar e criticar, e elogiar e não gostar. A arte está em perceber e assimilar essas sutilezas. Saber quando o elogio é elogio, quando o elogio é crítica, quando a crítica é crítica e quando a crítica é elogio. A equação é essa, doutor! E isto muda ao longo do tempo, pois cada homem que a mulher tem transforma o coração dela, ou porque ele foi demais, ou porque não foi. Portanto, o homem que ela vai querer ter depois não vai ser o mesmo de antes. Então, doutor, você tem que conhecer quem ela teve ou tem, para aí descobrir quem ela de fato quer ter, mas ainda não possui.

Fez uma pausa e, mais uma vez, prosseguiu:

– Na prática, isto é meio complexo, doutor, só a idade ensina.... Até porque há também a mulher que tem esperança de ser abandonada... Essas são curiosas, doutor! Você tem que parecer sempre que vai abandoná-la. Se gostar dela, é muito mais difícil de fazer isso, mas você tem que parecer que vai fazer. Melhor, pode abandonar um pouquinho, para depois voltar. Quando deixar de gostar, aí abandona mesmo... – ele deu mais um breve riso. – Há muitos outros exemplos! Como a mulher traída que quer vingança, que peca degustando outro pecado... Mas depois a gente conversa melhor. Tenho que trabalhar.

Fez menção de se dirigir à porta, mas ainda finalizou:

– Últimos conselhos, doutor: seja quem a mulher quer que você seja, sem deixar de ser, com ela, você mesmo. E nunca, nunca, nunca mesmo, fique ansioso!

Dito isto, piscou os olhos mais uma vez e despediu-se de mim, rindo sutilmente.

Passaram-se alguns dias. Num deles, cheguei ao escritório numa manhã em que a chuva me surpreendeu no meio da rua. Todo molhado, vi na recepção o livreiro. Estava inquieto. Falou comigo como se já me tivesse cumprimentado:

– Doutor, quer comprar este livro aqui? Uma maravilha! Está baratinho.

O livro não me interessava.

– Doutor, para você eu faço um desconto!

Nada adiantava. De súbito, mudou seu propósito. Puxou-me pelo braço, aproximando-se exageradamente. Então disse:

– Doutor, já que você não quer comprar, tem uns cem reais para me emprestar? Estou precisando muito. Tenho que quitar uma dívida.

Incomodado com a proximidade, eu disse que estava sem dinheiro. Ele se afastou um pouco, começando a resmungar:

– Pô, doutor, hoje em dia está difícil! É esta tal internet. Quebrou a gente!! – falou-me. Após um silêncio, continuou: – Na revolução que houve na Inglaterra, lembro-me que li que os trabalhadores quebravam as máquinas! E é isso aí, tá certo. Se perdeu o emprego, tem que reagir! – prosseguiu, demonstrando inesperada intimidade com o movimento ludista: – Mas, hoje em dia, quebrar o quê, né, doutor? Só a gente mesmo. Como quebrar a internet, que está em todos os lugares, sem estar em nenhum? – filosofou de improviso.

O desabafo pareceu lhe fazer bem. Sua expressão recuperou a serenidade. Foi embora, despedindo-se educadamente.

Depois desse dia, voltou a ser uma figura leve, como de costume. Vendeu-me ainda alguns livros. Até que chegou novamente o Carnaval.

Passei as festividades do Rei Momo com a família, em casa, lendo livros e acompanhando, à noite, pela televisão, os desfiles das escolas de samba. Cansado de tanta leitura, na tarde de terça-feira de Carnaval, resolvi navegar na internet. Inesperadamente, após ver alguns sites, deparei-me com a surpreendente notícia: "Homem fantasiado de Papa morre após sair em bloco de rua". Preocupado, cliquei no link.

Infelizmente, era ele mesmo.

A notícia me comoveu. Li-a inteira.

Ela trazia um breve relato do ocorrido, além de testemunhos de foliões. Nosso Papa aparentemente havia aproveitado bem seus últimos momentos. Divertiu-se. Abençoou o bloco no início, confraternizou com populares, tirou muitas fotos. Bebida, evitou. Não bebia quando Papa.

Ao voltar para casa, sentado no banco do ponto de ônibus, subitamente faleceu. Talvez tenha sido o calor, especulou um dos foliões.

Na quarta-feira de cinzas, desci para comprar pães. No caminho da padaria, parei em frente à banca do jornaleiro. Vi as manchetes expostas. Uma delas despertou minha atenção. Encimando uma capa de jornal em que havia uma foto do último reforço do Vasco, lia-se:

"Papa morre na folia".

FONTE: Adobe Devanagari
IMPRESSÃO: Paym

#Talentos da Literatura Brasileira
nas redes sociais

novo século®
www.novoseculo.com.br